Sinnlose Morde

Der Autor

Volker Schopf, wurde 1958 in Gerlingen bei Stuttgart geboren. Nach Schule und Ausbildung lebt er heute im nördlichen Schwarzwald.
Bisher veröffentlichte er erzählende Prosa, Theaterstücke und drei Fachbücher.
Außerdem ist er Naturforscher und setzt sich seit 30 Jahren mit den neuesten wissenschaftlichen Theorien auseinander und er ist der Überzeugung, dass wir in einer Übergangszeit leben, wie er in seinen Fachbüchern 'Über den Kosmos' darlegte.

Volker Schopf

Sinnlose Morde

Roman

©2017 Volker Schopf

Titelbild mit freundlicher Genehmigung von Andreas Mattern.

Herstellung und Verlag:
BoD - Books on Demand, Norderstedt

ISBN: 9783743162624

Es gibt keinen Weg zum Frieden,
denn Frieden ist der Weg.
Gandhi

Eins

Die Straße nach Nachtkirchen ist noch immer holprig, und die Platanen, welche sie säumen, spenden den Wanderern im Sommer wohltuenden Schatten. Folgt man ihr bis in den Ort, lässt die Werkstatt vom alten Gruber und ein paar Häuser weiter den 'Ochsen' links liegen und biegt hundert Meter weiter in den Waldweg ein, so kommt man nach wenigen Schritten zu Hans Kümmelkorns neuem Domizil. Das Haus ist alt - nicht so alt wie der Ort selbst -, verwinkelt, und unablässig ächzen die Balken unter der Last ihrer Jahre.

Eine ostwärts ziehende Wolke schob sich vor die Sonne, verdunkelte sie und gleich darauf begann es zu regnen; Sommerregen mit Sonne und prächtigem Regenbogen, der nur kurze Zeit andauerte, sofort verdampfte und die Luftfeuchtigkeit in tropische Dimensionen trieb. Hans drückte er gleichermaßen unangenehm auf Körper und Gemüt. Er stand am Fenster, die Hände untätig in den Taschen vergraben, den Blick auf das ihm gegenüberliegende Haus gerichtet. Unter der überdachten Veranda spielten die Enkelkinder vom alten Kretschmar mit ihren Puppen. Sorgsam kämmten sie ihnen die Haare, ordneten die bunten Kleider, banden ihre Schuhe und betteten sie liebevoll in den Kinderwagen, bevor sie, nachdem der Regen aufgehört hatte, zu einem Spaziergang aufbrachen. Kretschmar selbst, ein kleiner Mann, dessen Gesicht aus tausend winzigen Falten bestand und aus grauen Haarbüscheln, die seinem von der Sonne geröteten Schädel in schönstem Wildwuchs entsprangen, saß im Schatten einer mächtigen Eiche, blätterte in der Zeitung, winkte herüber, als er Hans am Fenster bemerkte, und schrie etwas, das sich wie 'Guten Abend' anhörte. Hans erwiderte den Gruß halbherzig nickend, und folgte mit seinem Blick den beiden Mädchen, die seit dem Tod ihrer Mutter, Kretschmers Tochter, hier lebten, plötzlicher Herztod mit 34 Jahren. Sie war vom Einkaufen gekommen, hatte noch den Wagen in die enge Garage bugsiert, als sie über dem Lenkrad leblos zusammensackte. Ihr Mann fand sie erst Stunden später, als er von der Arbeit nach Hause kam, ihr Gesicht etwas bleicher als sonst, Verwunderung sprach daraus.

Der alte Kretschmar war mittlerweile eingeschlafen, seine obligatorische Viertelstunde. Nie schlief er länger und so vergingen für ihn die Tage im steten Wechselspiel von Dämmern und Wachen, Nickerchen und Licht.

Zwei Häuser weiter parkte Wiegner gerade seinen Wagen in der Einfahrt. Er und seine Frau, ein jüngeres Ehepaar, freundliche, unscheinbare Menschen mit drei Kindern, zwei Jungen und einem Mädchen, waren erst vor wenigen Monaten hier hergezogen. Der Mann, Lehrer an der Naumburger Hauptschule, untersetzt, mit bläulichem Gesicht, das ihm stets ein kränkliches Aussehen verlieh, stieg aus, Aktentasche und die Jungen im Gepäck.

Bereits morgens, wenn er das Haus verließ, war sein Gang schleppend, als überstiege die Vorstellung des anbrechenden Tages seine Kräfte, dessen Pensum er nur bewältigte, weil er das kleinste Zögern sich selbst gegenüber als Schwäche auslegte, der er seit Jahren mit äußerster Willenskraft zu Leibe rückte. Steffi, seine Frau, war eine magere Person mit feurigen, kurz geschnitten roten Haaren, die in krassem Gegensatz zu ihrem ruhigen, fast unscheinbaren Wesen standen; das flache Gesicht von einem Netz aus kleinen, lustigen Sommersprossen überzogen, die Augen wässrig grün und mit einem Silberblick behaftet. Sie winkte zum Abschied, lächelte den Kindern zu und wartete, bis der Kombi außer Sichtweite war, ehe sie im Haus untertauchte, das sie selten, zumeist nur zum Einkaufen, verließ.

'Nachtkirchen', dachte Hans, kniff ein Auge zu und betrachtete das Lichtspiel in einer Pfütze nahe der Kandel, 'hat sich seit ich hier wohne kaum verändert …', den Blick mehr in die Vergangenheit als nach draußen gerichtet. Mutter Hansen führte noch immer ihren Gemischtwarenladen, erzählte von früher, der guten alten Zeit, als sie jung, voller Flausen im Kopf war und ihr Mann – Gott hab ihn selig – noch lebte. Von der Tochter, die sie fast täglich bedrängte, endlich den Laden aufzugeben und zu ihr nach München zu ziehen. "Was soll ich den dort?", fragte sie ihre Kunden. "In dieser riesigen Stadt? Dort kenne ich ja niemanden. Außerdem", fügte sie im selben Atemzug und mit dem linken Auge verschmitzt zwinkernd hinzu, "jetzt wo ich die Sandra habe."

Die Beschaulichkeit des Ortes, Besucher sprachen zuweilen von Eintönigkeit, behagte Hans, und so folgte er dem trägen Fluss der Tage, mit ihrem immer gleichen Ablauf, der Überraschungen weitgehend ausschloss und ihm endlich, nach Jahren der Hektik, des Strebens nach Erfolg, so etwas wie Ruhe vergönnte. Gewöhnlich stand er um sieben Uhr auf, schlurfte schlaftrunken ins Bad, warf sich ein paar Hände kaltes Wasser ins Gesicht und machte sich im Jogginganzug auf den Weg zu Mutter Hansen, frischen Brötchen und den mit ihrem Laden verknüpften Erinnerungen an seine Kindheit.

'Das Leben', philosophierte Hans auf dem Heimweg des Öfteren, gefangen von den neu belebten Bildern der Kindheit, 'ist ein Kreislauf und mit jedem Tag, den wir ins Morgen und damit unserem Ende entgegen schreiten, verharrt unser Denken, nachdem es über viele Jahre zuverlässig mit uns Schritt hielt, zuerst auf der Stelle, bleibt dann allmählich, anfangs unbemerkt, ein Stück zurück, ehe es in der dumpfen Erkenntnis – als Relikt einer vergangenen, täglich ein wenig weiter aussterbenden Zeit anzugehören – das sich letztlich endgültig der Vergangenheit, der ihm vertrauten Welt zuwendet. Der Übergang', musste er sich bei näherer Betrachtung eingestehen, 'wird kaum bemerkt, ist in zunehmendem Maße zweigeteilt und wird von einem Nachlassen der allgemeinen Kräfte, ersten Misserfolgen in der Gegenwart, begleitet, deren seelische Erschütterungen unbewusst das Gemüt aufwühlen und, als sei Jugend das Allheilmittel, längst verschüttet geglaubte Erinnerungen an bessere, glücklichere Tage herauf beschwören.'

'Früher hast du die Flinte nicht so schnell ins Korn geworfen!', mahnte ihn seine innere Stimme, und Hans nickte mechanisch, den Duft ofenfrischer Brötchen in der Nase.

'Früher ist längst vergangen', antwortete er phrasenhaft. 'Heute schreckt mich das Neue, verunsichern mich bereits kleinste Veränderungen im Tagesablauf und … vermutlich werde ich alt!'

Seit einer Stunde saß Hans am Computer und wiederholte gebetsmühlenartig den letzten Satz, als könne er auf diese Weise den Rest der Geschichte daraus extrahieren: 'Vergiss, Vorkor! Was geschehen ist, ist geschehen. Es lässt sich nicht mehr ändern. Was also suchst du in diesem Haus?'

'Dämonen sind in!', hörte er seinen Verleger Möller im Geiste sagen. 'Melken Sie die Kuh, solange sie Milch gibt. Jetzt reißen Sie sich zusammen, Hans! In – sagen wir – zwei, drei Monaten liefern sie mir das Manuskript und … Schwamm drüber, über unsere kleine Diskussion. Sie sind doch ein patenter Kerl; keiner dieser ausgelaugten Schweine, die nach ihrem Erstling nichts mehr außer Müll zustande bringen, die nicht einmal das Papier wert sind, auf dem sie mir ihre Ergüsse schicken. Also,

Hans!', befahl er mit einer Stimme, die keinen Widerspruch duldete. 'Ich erwarte Ihr Manuskript.'
"Weshalb habe ich mich überreden lassen?", fragte er sich, seit Waldemar Hinrich Möller, sein langjähriger Verleger, grußlos den Hörer aufgelegt hatte und er einem weiteren Abenteuer seines Helden nachspürte, das ihm endgültig den über Jahrhunderte versagt gebliebenen Frieden bringen sollte. 'Ihn elendig im lichten Glanz des beginnenden Tages hinschlachten wie ein Stück Vieh; eingehüllt in das morgendliche Rot – Symbol der flammenden Inbrunst? Nein!', schrie unüberhörbar jede Faser seines Körpers, als stünde er Vorkor mit spitzem Holzpflock gegenüber und müsste ihm eigenhändig das tödliche Insigne ins Herz treiben. "Dazu fehlt mir die Kraft", stöhnte Hans auf, innerlich zerrissen, und wünschte sich in diesen Augenblicken seine alte Schreibmaschine zurück, dieses 100 Kilo schwere Monstrum, das über kurz oder lang jeden Tisch zerstörte und seine Handgelenke ebenso beanspruchte wie die eines Gewichthebers. "Da", fluchte er und fühlte, wie ihn die Furcht beschlich, die unterschwellig den selbst auferlegten Druck verstärkte, "hätte ich zumindest das Papier heraus reißen, zerknüllen und gegen die Wand schleudern können!" Die Beklemmung nahm zu, und ihre Auswüchse wandelten Hans' Frustration über sein Versagen in eine täglich größer werdende in Aggression um. 'Tief einatmen', versuchte er sich zu beruhigen und begann mit den allmählich zur Gewohnheit werden-

den Atemübungen. Trotzdem trat ihm der Schweiß aus sämtlichen Poren und der Drang, das Notebook ebenso wie Vorkor zu zerschmettern, wurde übermächtig.

Hans blinzelte, drehte den Kopf ein wenig nach rechts, anschließend in die andere Richtung und musste entsetzt feststellen, dass er stets dasselbe Bild vor Augen hatte. Er schloss die Augen, öffnete sie wieder – der blinkende Cursor. 'Standbild!' Er tastete nach dem Notebook, drückte auf 'Enter', folgte dem Cursor in die nächste Zeile, fühlte seine Finger. Alles schien in Ordnung, und plötzlich, als die Erinnerung einsetzte, ergab dieses Gefühl der Ohnmacht, des hilflosen Ausgeliefert seins an ein Leben, das er längst hinter sich gelassen zu haben glaubte, einen Sinn. Wie in Zeitlupe beugte er den Oberkörper vor und kehrte langsam in die Wirklichkeit zurück. Noch immer starrte er den Bildschirm an, als sei er geistig gelähmt, bis die Wörter sich in einem Konglomerat aus schwarzen und weißen Punkten auflösten. Seufzend klappte er den Deckel zu und überantwortete Vorkor seinem eigenen, ungewissen Schicksal.

"Ich habe es geahnt, dass ich scheitern würde ", flüsterte Hans halblaut, "in dem Moment als ich Möller zusagte. Vorkor war für mich abgehakt und jetzt soll er auferstehen … für weitere Gefechte." Er ärgerte sich über seine Nachgiebigkeit und spielte erneut mit dem Gedanken, Möller einfach anzurufen, ihm die Zusammenarbeit aufzukündigen. "Weshalb zögere ich?", fragte er sich und spürte, wie sein Herzschlag beschleunigte. "Weil Vorkor mich ablenkt? Von Petra, den Albträumen, in denen ich die Stunden vor der Rettung wieder und wieder durchleide, oder liegt mir Vorkor doch mehr am Herzen, als ich mir einzugestehen bereit bin? Vielleicht", so vermutete Hans und entspannte sich ein wenig, "trägt jeder Aspekt seinen Teil dazu bei und am Ende ist es nicht von Bedeutung. Ich kenne mich", sagte er, damit seinem eigenem, seit Wochen unveränderten Resümee zustimmend: 'Mein Pflichtgefühl kettet mich an diesen verfluchten Roman, bis er beendet ist.'

Es klingelte. Missmutig rückte Hans den Stuhl zurück, klappte nebenbei das Notebook zu und ging zur Tür.

"Schon zurück?", begrüßte er Alois erstaunt und trat zur Seite.

Alois präsentierte ihm den Speicherstick. "Ist nicht viel los gewesen in Naumburg", antwortete er und fügte lachend hinzu: "Da packe ich sämtliches Material ein, das ich für mein Fachbuch benötige und dann vergesse ich dieses blöde Ding."

"Wir könnten essen gehen", schlug Hans mit einem Blick auf die Uhr vor. "Im 'Ochsen' gibt es jetzt einen Mittagstisch. Ich war selbst längere Zeit nicht dort, aber bisher ist zumindest niemand daran zugrunde gegangen", scherzte er und sah Alois nach.

"Jepp! Ich bringe nur den Stick nach oben."

Gestern Abend war Alois angekommen, nachdem er zwei Tage vorher angerufen und, wie er im Scherz meinte, um Asyl gebeten hatte. "Hans bist du das?", hatte er mit einer Stimme in den Hörer gebrüllt, der anzuhören war, dass er bereits deutlich über seinem täglichen Quantum lag. "Ich ... weißt du ... seit Helen ausgezogen ist ... ich ... mir fällt die Decke auf den Kopf. Ich", stotterte er weinerlich und zog, schniefend wie ein kleines Kind, die Nase hoch," halt es hier nicht mehr aus. Kann ich ... nur für ein paar Tage ... ich meine ... würde es dich stören ... ich kenne doch niemanden ... zu dem ich könnte." Irgendetwas fiel zu Boden, dann herrschte, bis auf Alois unterdrücktes Schluchzen Ruhe. "Komm aber mit dem Zug", hatte Hans nur geantwortet und angespannt in den Hörer gelauscht. "Alois? Bist du noch dran?" Er hörte, wie der Anrufer tiefen Atem schöpfte, rasselnd, begleitet von einem Geräusch, das sich anhörte, als rasple jemand Holz." Muss mich dringend rasieren", murmelte Alois in die Muschel. "Helen hätte sich längst beschwert ... Du pikst wie ein Kaktus", äffte er ihre Stimme nach. "Ja ... was hast du gesagt?" "Dass du den Zug nehmen sollst"." Ja", antwortete Alois gedehnt, als müsse er Hans' Antwort, um sie zu verstehen, in einen größeren Kontext einbinden." Ich ... ich", sagte er leise, kaum hörbar, mit einer Stimme,aus der sein ganzes Selbstmitleid sprach," außer dir habe ich doch keinen Menschen ... der mich versteht ..."

Die Wanduhr, ein Geburtstagsgeschenk an seine Mutter, schlug zwölfmal und riss Hans aus seiner Erinnerung.

"Können wir?", rief er nach oben.

"Ich komme!", antwortete Alois, "suche nur mein Handy. Man weiß ja nie …"

Sie verließen das Haus und machten sich auf den kurzen Weg, wobei Hans einen kleinen Umweg in Kauf nahm, weil er nicht am Haus von Frau Gericke vorbei gehen wollte, die, sommers wie winters, bei schwüler Hitze oder eisiger Kälte, von ihrer winzigen Terrasse aus auf Spaziergänger lauerte, wie eine Spinne in ihrem Netz, das sich bis zur gegenüberliegenden Straßenseite, in der Reichweite ihrer dröhnenden Bassstimme, spannte, dabei mit dem linken Fuß sanft ihren Schaukelstuhl in Bewegung hielt und über den Tag verteilt dreißig Dosen Fanta trank. Sie war rund wie eine Kugel, trug ihr Haar hochgesteckt in einem wilden Knäuel, aus dem einzelne Haare wie tödliche Stacheln abstanden, hatte Zähne so dunkel wie Briketts, und wenn sie lachte gluckste das Fanta so laut in ihrem Bauch, dass es – glaubte man ihrem Nachbarn – bis zu ihm herüber zu hören war. Das Haus, in dem sie seit ihrer Geburt lebte, das den Tod mehrerer Vorfahren nicht nur erlebt, sondern auch überdauert hatte, war schmal wie ein Handtuch und würde, so behauptete sie felsenfest, mit ihrem Tod sang- und klanglos zusammenstürzen, weil sie die Letzte in einer Ahnenreihe sei, die bis ins 16. Jahrhundert zurückreichte. Sie verwies in diesem Zusammenhang, nicht ohne einen gewissen Stolz, auf das amtliche Dokument – einen Ariernachweis ihres Vaters –, den sie sorgsam, wie ihren Augapfel hütete, als handle es sich um eine kostbare Reliquie, von deren Erhalt ihr eigenes Leben abhing. Die Gericke selbst war eine alte Jungfer, schimpfte auf die Männer, bedachte sie mit Ausdrücken, die selbst den hartgesottensten Seemann bis in seine Grundfeste erschüttert hätten, nur weil ihr Vater einmal schwach geworden und im Anschluss an einen Männerabend in volltrunkenem Zustand zu einer Prostituierten gegangen war. Wer konnte, wie Hans und Alois, nahm die nächste Seitenstraße, mindestens jedoch den Gehweg auf der anderen Straßenseite und wenn auch dies nicht möglich war, eilte jeder im Laufschritt an ihrem Häuschen vorbei, ihr "He Sie! Sind Sie nicht …?" überhörend.

Die Luft im 'Ochsen' war stickig, durchsetzt mit allerlei Gerüchen, und der Ventilator an der Decke schnitt sie in gleichmäßige Scheiben. Um die Mittagszeit herrschte hier nur wenig Betrieb; der alte Gruber saß wie jeden Tag um diese Zeit mit Manfred an der Theke, sie aßen gemeinsam das Tagesmenü und schlürften dazu zwei, manchmal auch drei Bier, je nach Auftragslage. Gruber hustete, rollte den Kopf in den Nacken, öffnete und schloss die Augen und hustete wieder.
"Noch immer diese Erkältung in den Knochen?", fragte Heinz mitfühlend und hielt ein Glas ins Licht.

"Wird einfach nicht besser", antwortete Manfred mit einem besorgten Blick auf den Vater. "Plagt sich jetzt schon geschlagene vier Wochen damit rum und jeden Tag sage ich bestimmt tausendmal: Geh endlich zum Arzt! Lass dich untersuchen, bevor es sich festsetzt."

"Ach was!", winkte Gruber ab, sichtlich verärgert angesichts der übertriebenen Besorgnis um seine Person. "Zu meiner Zeit, rannte man nicht sofort bei jedem Furz zum Arzt." Wieder musste Gruber husten.

"Das ist aber eine schöne Überraschung, Herr Kümmelkorn", begrüßte ihn Else, nickte Alois freundlich zu, wischte dabei mit dem Spültuch über den Tisch und schob die Krümel in ihre Hand. "Dass Sie uns mal wieder die Ehre geben", fügte sie lachend hinzu. "Tagesmenü?", fragte sie und ließ den Blick zwischen ihnen hin und her wandern.

"Ja", antworteten beide ihm Chor. "Und ein Pils", sagte Hans.

"Für mich auch, und gibt es noch diesen Schnaps, mit dem sich Tische abbeizen lassen?"

"Kommt sofort", sagte Else, betrachtete dabei die Krümel, als wisse sie weder mit ihnen noch mit sich selbst wohin, drehte dann auf der Stelle um und rauschte in Richtung Küche davon.

"Es ist die Werkstatt", erklärte Manfred Heinz zum zweiten oder dritten Mal. "Bis in den Frühling hinein ist es im Büro, trotz der neuen Heizung, oft ungemütlich kalt, und immer wieder sage ich zu ihm: Vater, bleib zu Hause. Ich schaff das allein. Aber es ist, als ob ich gegen eine Wand rede."

"Lass man gut sein, Junge. Unkraut vergeht nicht. Schenk noch eins ein, Heinz", meinte der alte Gruber mit einer Gelassenheit, die seinem Alter und dem Wissen um seinen Körper geschuldet war, die ihn die Mahnungen seines Sohnes ebenso ignorieren ließ wie seinen chronischen Husten. "Ist nur noch der Wagen von Wiegner zur Inspektion da." Aus müden Augen sah Gruber zu, wie Heinz das Bier zapfte, massierte dabei seine rheumatischen Hände und lauschte ungewollt dem Gespräch am Tisch hinter ihm, wo ein junger Mann seiner Begleiterin in sachlichstem Ton vom überraschenden Tod seiner Großmutter erzählte. "Ich lebte bis vor vier Wochen auf ihrem Hof, bis sie plötzlich gestorben ist. Mit ihrem Mann war seit einem Jahr nicht mehr viel los, lag nur noch im Sessel und beklagte sein Schicksal, das jetzt, wo er alt und der Körper allmählich schlapp mache, brutal über ihn hereinbreche und es ihm dadurch unmöglich sei, dieses ganze verpfuschte Leben zu ändern. Großmutter musste die ganze Arbeit allein machen musste. Sie hatte nur mich in den Abendstunden als Hilfe, und wir waren gerade dabei, etwas Holz für den Ofen zu schlagen; hackten gerade einen dicken Strunk klein, und ganz unvermittelt sagte Großmutter, sie bräuchte eine Pause. Tja! Hast du schon einmal gesehen, wie eine Kuh umfällt, wenn sie ihr den Bolzen in den Kopf geschossen haben?", fragte er seine Begleiterin, ein junges Ding mit strubbeligem Haar und bleichem Gesicht, das lustlos in seinem Essen stocherte und jetzt auf seine Frage hin irritiert den Kopf hob, als habe sie nicht verstanden. "Genauso war es mit Großmutter. Dazu noch eine Woche vor ihrem 75. Geburtstag!"

"Danke dir, Heinz", röchelte Gruber heiser, nahm ihm das Bier aus der Hand, bevor er es in gewohnter Manier auf die Theke knallen konnte, und schlürfte den Schaum ab. 'So kann es gehen', dachte er. 'Bist mitten in der Arbeit, pfeifst vergnügt ein Liedchen, wechselst Zündkerzen aus und zack! Pfeift dir der Tod dein letztes Lied. Ein kurzer, stechender Schmerz in der Brust und du fällst wie vom Blitz getroffen um. Erledigt! Im Grunde ein schöner Tod', kam Gruber nicht umhin festzustellen. 'Kein langes Leiden, dazu bei der Arbeit ... was wünscht man sich mehr?' Dabei klammerte er sich an den Bierkrug wie an sein eigenes Leben, das ihn unaufhaltsam ins Morgen trug, Stunde um Stunde und Tag für Tag; aneinandergereiht wie die Platanen auf der Straße nach Naumburg, eine wie die andere. Auf das Heute schien zwangsläufig ein Morgen zu folgen; eine Zeit wie jetzt, gestern oder vor seiner Geburt, bis ein aufblitzender Gedanke in ihm Kritik übte, die Endlichkeit anmahnte. Während Gruber nachdenklich in sein Bier starrte, flatterte unvermittelt eine Radiosendung vom Morgen, die er zwischen Wachen und Schlaf mit halbem Ohr verfolgt hatte, in sein Denken und er dachte an seine verstorbene

Frau, dass sie jetzt auch schon vier Jahre tot war, und er fragte sich, ob es diesen dunklen Tunnel tatsächlich gab, wenn es denn soweit war mit dem Sterben, wenn er Abschied nehmen musste. Durch den jeder Mensch gepresst wurde, wie frisches Hack in die Wurstpelle, ehe er drüben ankam, auf dieser blühenden Wiese, begrüßt von seiner Frau, und plötzlich sehnte Gruber sich nach diesem Ort, dem Wiedersehen mit Hermine, die – so ein weltweit anerkannter Forscher heute Morgen im Interview – angetan mit dem Kleid ewiger Jugendlichkeit ihn dort erwarten und in sein neues Dasein einführen würde? 'Und was wird bleiben?', überlegte Gruber nach einem herzhaften Schluck, der den Hustenreiz für kurze Augenblicke besänftigte. 'Der 'Ochsen', die Bäume, mein Lebenswerk, die kleine Werkstatt ...?'

"So, Herr Kümmelkorn", sagte Else, strahlte dabei wie die Sonne draußen und säuberte mit der Schürze die Tellerränder, "lassen Sie es sich schmecken. Und Sie ebenfalls", rief sie in Richtung Alois und fügte hinzu: "Sie kommen mir irgendwie bekannt vor?"

"Schwarz. Alois Schwarz", beeilte sich Alois zu antworten. "Letztes Jahr. Die Beerdigung von Sybille Erdmann."

"Jetzt!", stieß Else erleichtert aus. "Wusste doch, dass ich Sie schon einmal gesehen habe. Heinz!", rief sie über die Schulter. "Wo bleiben die Getränke?"

"Steht alles hier", erwiderte Heinz knurrig und

meinte Gruber zuzwinkernd: "Wird langsam alt, meine Else."

"Wie geht es Marie?", fragte Manfred so beiläufig, als erkundige er sich nach dem Wetter oder dem Ergebnis des letzten Spiels vom FC Naumburg und sah kaum von seinem Glas auf.

"Gut … gut", murmelte Heinz, als er lächelnd die Getränke servierte. "Hat sich eingelebt in Wismar. Ist ja nicht für die Ewigkeit."

"Hm. Und die Arbeit?", hakte er neugierig nach.

"Gut. Wie es so ist in der Lehre, Manfred. Bist für alles zuständig: Gas, Wasser, Scheiße sozusagen. Sie beklagt sich nicht. Und am Wochenende kommt sie ja nach Hause", antwortete Heinz mürrisch, weil Grubers Sohn ihm ein Gespräch aufzwang, und kaute missmutig auf seiner Unterlippe herum.

"Deine Marie", mischte sich Gruber in die Unterhaltung ein, "ist ein tüchtiges Mädchen. Aus der wird mal was; lass dir das von mir gesagt sein, Heinz. Ich hab dafür ein Auge." Er nickte, hustete kurz und hart. "Damals, du warst gerade geboren, Manfred, boomte, wie man heute sagt, das Geschäft und ich habe mich seinerzeit vom alten Kretschmar breitschlagen lassen und seinen Neffen eingestellt, weil der seine Fähigkeiten über den grünen Klee gelobt hat. Gelobt! Angepriesen wie Sauerbier hat er ihn, aber das ist mir erst später klar geworden. Kein Tag, an dem er nicht zu spät zur Arbeit kam, und bevor der ein Werkzeug in die Hand nahm, war gut eine weitere halbe Stunde nutzlos verstrichen. Zwei Wochen habe ich mir das in Ruhe angeschaut, wie er lustlos über dem Motor hing und mir die Ohren voll schwatzte, mit dem, was er im Leben noch alles erreichen wollte. Dass das hier nur eine Durchgangsstation sei und er schon bald eine richtige Arbeit finden wird, also eine, bei der man so richtig 'money scheffeln' kann. Dann sülzte er mir den Kopf von der Südsee voll, von Weibern mit drallem Busen und was weiß ich … Seither erkenne ich Faulenzer drei Kilometer gegen den Wind. Jepp!", meinte er abschließend und erhob seine Behauptung damit in den Rang der unumstößlichen Tatsachen, leerte sein Bier und blickte über den Rand seines Glases in die Vergangenheit.

"Hans", sagte Alois, holte tief Atem und zerdrückte dabei seine Kartoffeln zu Brei, vermischte das Ganze sorgfältig mit der Soße, ehe er das Schnitzel in handliche Stücke schnitt, das Messer ableckte und die großzügige Portion, lediglich mit der Gabel bewaffnet, zu bewältigen versuchte. "Am Mittwoch …"

"Du brauchst mir nichts zu erklären, Alois", unterbrach Hans ihn, weil ihm nicht entgangen war, wie sehr Alois unter seiner Situation litt.

"Ich …", sagte dieser und schüttelte den Kopf, als müsse er seine Gedanken zuerst in die richtige Ordnung bringen, "habe mich in den letzten Jahren immer mehr in mich selbst zurück gezogen", begann er seine Erklärung, kippte den Abbeizer herunter und bestellte, indem er sein Glas hob, den nächsten. "Nicht erst seit dem Unglück in den Bergen ... schon vorher wurde mir das Schreiben immer wichtiger und ...", flüsterte er tonlos, bedankte sich bei Ernst für den Schnaps und fuhr fort: "... die Erkenntnisse, die ich im Verlauf der Jahre errungen habe ... dieses Feld ... aber ich will dich nicht mit Details langweilen, es ist mein Lebenswerk – mein Vermächtnis. Verstehst du?"

Hans nickte, wollte etwas sagen, schwieg und rückte dann stattdessen nervös hin und her.

"Es ist wie ein Drang", meinte Alois nachdenklich und kratzte sich am Kopf, "der mich zum Schreiben zwingt und ... wie soll ich sagen, wenn ich ihm nicht folge, werde ich unzufrieden ... unausstehlich und ... du musst das Gefühl doch kennen?", sagte er, je zur Hälfte an Hans und seine Gefühle gewandt, denen er wie ein Glücksucher zu Zeiten des Goldrausches nachspürte. Dabei drehte er den Abbeizer vor seinem linken Auge und betrachtete, wie das Licht der Mittagssonne sich darin brach, bevor er ihn vernichtete.

Hans schwieg weiterhin. Was hätte er sagen sollen? Dass seine Beziehung zu Petra aus ähnlichen Gründen gescheitert war? Dass Schriftsteller in der Regel Egoisten sind, Selbstverliebte, stets im Mittelpunkt ihrer Werke; jenes Kosmos, den sie – gottähnlich – nach ihrem Belieben gestalten, wo sie mit einem Satz, einem Wort, Menschen handstreichartig sowohl in den sprichwörtlichen siebten Himmel als auch in die Hölle befördern können.

"Meine Theorie", fuhr Alois fort und unterbrach dadurch Hans' eigene Betrachtungen zu diesem Thema, "dann muss ich einfach … verstehst du … und mein gesamtes Denken kreist nur um dieses eine Thema, das mich beschäftigt, nicht zur Ruhe kommen lässt … es ist wie ein Fluch und … vielleicht brauche ich doch professionelle Hilfe, wie Helen mir immer wieder an den Kopf warf. Helen" seufzte er, immer noch in die Betrachtung des Glases vertieft, das wie ein Prisma die Erinnerungen bündelte. "Helen …". Er schluckte trocken, hob mechanisch das leere Glas und Hans fragte sich, ob er lediglich einen Schnaps bestellte, um den Schmerz zu dämpfen, damit er für kurze Stunden vergessen konnte, oder ob er unbewusst um Hilfe rief: 'Hier bin ich, Helen, falls du mich suchst!' "Sarah … Josef … ich … liebe sie, hab sie immer geliebt, auch wenn ich es nicht so zeigen konnte", beteuerte er, die Augen glasig und weit in die Vergangenheit gerichtet. "Meine Kindheit … die Zeit im Heim … aber ich will dich damit nicht belästigen, jedenfalls – so vermute ich, müssen diese Erlebnisse … habe ich dir nicht davon erzählt?" Als Hans nickte, zischte er verächtlich: "Die Pest habe ich ihnen gewünscht … für jeden Fußtritt eine Eiterbeule, einen Sargnagel mehr … doch Gott erlöste mich ebenso wenig wie die Erzieher. Aber", rief er heiser und spülte seinen Hass mit einem weiteren Abbeizer hinunter, den Ernst in der Zwischenzeit gebracht hatte, "das ist Schnee von gestern … und ist auch egal … jedenfalls ... Helen", flüsterte er zärtlich, und bereits der Gedanke an sie zauberte ein überirdisches Leuchten in seine Augen, "sie ... ich ... habe nichts außer sie und die Kinder", gestand er Hans, und der weinerliche Unterton in seiner Stimme verriet bereits die Wirkung der Abbeizer. "Was soll ich nur tun ohne sie? Nach unserer Rettung ...", Alois verlor kurzzeitig den Faden, bestellte nach und starrte trübe in das mittlerweile kalte Essen, bis sich sein Gesicht verdüsterte. "Die Selbstzweifel ... meine Theorie ... plötzlich erschien mir alles so sinnlos ... Wozu?, fragte ich mich. Niemand wird es lesen und die Hoffnung, dass die Zukunft – neue Technologien sie beweisen würden, war in so weite Entfernung gerückt ... aber, wie soll ich dir das begreiflich machen, Hans? Ich bin nur, indem ich schreibe. Verstehst du? Ohne würde ich aufhören zu existieren ... wäre das Leben nicht nur sinnlos, sondern würde aufhören! Es ist", stieß Alois, getrieben von den ihm selbst nur ansatzweise bewussten Gefühlen aus, "als ob die Wurzeln, die den Menschen in der Welt verankern, bei mir – vielleicht nach tastenden Versuchen in der Kindheit – verkümmert sind oder innerhalb des Stammes weiter wuchsen. Ja", stellte er mit einem Ausdruck der Verblüffung fest, "und deshalb schwanke ich bei der kleinsten Berührung wie ein Schilfrohr im Wind. Zweifach gefangen ... hier drinnen", sagte Alois mit schwerer Zunge und hämmerte mit der Faust gegen seinen Kopf, so heftig, als wolle er einen Nagel einschlagen. "Abgekapselt habe ich mich", stellte er in seltener Hellsichtigkeit über sein Leben fest. "Eingemottet in diesem Körper ... fein säuberlich alles verschlossen, nur damit ja niemand herein kommt und mein Weltbild ... Wahnbild", dabei lachte er schallend, "auflöst ... mir die Maske Alois herunter reißt und ..." Alois stutzte. "... die leichengleiche Maske, die sie so rüde ungestüm anfassten, unbewohnt fanden von jeglicher greifbarer Gestalt. Poe!", erklärte er Hans schief grinsend. "Genug! Reden wir morgen weiter", beendete Alois das schmerzhafte Selbstgespräch. "Auch einen?", fragte er und deutete mit dem Kopf auf das Schnapsglas.

"Später. Ich muss noch arbeiten", lehnte Hans ab. "Wie wäre ein Spaziergang über die Felder?", bot er Alois an, bevor dieser zwischen Weltschmerz und Abbeizern versumpfte.

"Äh! Frische Luft ... nein, danke. Geh nur! Husch, husch! Ich erledige das und komm nach", sagte dieser, schlug beide Fäuste auf den Tisch, stemmte den etwas aus dem Takt geratenen Körper hoch und marschierte zielstrebig auf Ernst zu.

Hans hatte den 'Ochsen' mit einem unguten Gefühl verlassen, war auf der Straße für einen Moment unentschlossen stehen geblieben und dachte: 'Spaziergang oder Alois in einigermaßen nüchternem Zustand nach Hause bringen?' Er entschied sich für Ersteres und kam, wie so oft bei Spaziergängen, beim Laufen ins Denken; über Alois und dessen Gefühlslage, bis unmerklich ein Gedanke in ihm aufkeimte, der nahelegte, dass er sich aus denselben Gründen von Petra getrennt hatte, und so war er nicht sonderlich überrascht, als er sich plötzlich am Rande des Dorfes, in unmittelbarer Nachbarschaft von Wachutkes Betrieb wiederfand. Mit einem Achselzucken ließ er die letzte Häuserreihe ebenso hinter sich wie Alois und die schmerzlichen Erinnerungen an Petra, folgte der Straße, die wenige Meter später in einen unebenen, mit Schotter bedeckten Feldweg überging, der schnurgerade an Kirstens Hof vorbei bis nach Wethau führte. Das Unkraut wucherte wie seit Jahren nicht mehr, dahinter Weizen, kurze Halme mit kleinen Körnern, dazwischen eine Handvoll Bäume, braun gestrichene Strommasten und die Silhouette von Kirstens Hof, der seit Ende letzten Jahres leer stand, erste Zeichen des Verfalls aufwies und vergeblich auf einen Käufer hoffte.

Josef Kirsten, mit seinem zerfurchten Gesicht, der schmächtigen Gestalt – weil sein Körper mit zwölf Jahren das Wachsen eingestellt hatte –, der dadurch wie ein Gnom mit Schiebermütze aussah, tuckerte nun nicht mehr, tief über das Lenkrad des altersschwachen Traktors gebeugt, in Richtung Hof. Seit zweihundert Jahren hatte seine Familie dieses Land bewirtschaftet, das jetzt der Bank gehörte und zur Versteigerung anstand. Bis zuletzt hatte sich Kirsten der Zwangsräumung widersetzt, mit der hartnäckigen Weigerung, seinen Grund und Boden freiwillig zu verlassen. "Lebend bringen die mich nicht aus meinen vier Wänden!", hatte er noch am Abend des dritten Advents lautstark im 'Ochsen' verkündet und seine Drohung mit einem Faustschlag auf den Tisch bekräftigt. Der Gerichtsvollzieher fand Josef Kirsten erhängt in der Scheune; da war er bereits über eine Woche tot.

An all das dachte Hans, während seine Füße, zwei zuverlässig arbeitende Maschinen, ihn in gleichmäßigem Takt über die Felder trugen und er, seinen Gedanken nachhängend, die auftauchten wie Lichtfinger in der Dunkelheit und der Nacht bald dieses oder jenes Geheimnis entrissen, bevor das Vergessen erneut seinen Mantel darüber ausbreiten konnte, den Geschichten des Landes lauschte.

Beim Feldkreuz, liebevoll durch den Heimatverein gepflegt und täglich mit frischen Blumen geschmückt, begegnete er Wiegner, der grußlos, die Tageszeitung zusammengerollt und wie einen Schlagstock schwingend, an ihm vorüber stürmte und dachte: 'Sie wissen es alle! Letzten Freitag im 'Ochsen', das war Beweis genug. Jetzt heißt es handeln! Die Schwäche überwinden und zur Tat schreiten; den Meuchelmördern den Grund entziehen!' Wiegner drohte mit der geballten Faust, beschleunigte seine Schritte und schnaubte: "Meuchelmörder!"

Vögel flatterten erschreckt auf, flohen in den Himmel und das Wort 'Meuchelmörder' schwebte über den Feldern, breitete sich aus wie dunkle Gewitterwolken, deren Urgewalt jederzeit losbrechen konnte. Hans blieb, neugierig geworden, stehen, wandte den Kopf um und sah, wie sein Nachbarn in bester Erol-Flynn-Manier, mit blankgezogenem Degen, seinen Feinden das Fürchten lernte. 'Was für ein sonderbarer Mensch', dachte Hans bei sich, nicht ahnend, dass Wiegner längst Hans' Schicksal mit dem seinen verknüpft hatte. Wiegner, immer noch in Sichtweite, war ebenfalls stehen geblieben, wischte sich mit dem Taschentuch den Schweiß von der Stirn, öffnete den völlig durchnässten Kragen und sah zu ihm herüber.

Kopfschüttelnd drehte Hans sich ab.

"Spazieren gewesen?", hörte Hans eine Stimme rufen. "Bei dieser erdrückenden Hitze." Müller lachte in abgehackten Stößen und, versetzte damit seinen mächtigen Bauch in Schwingung, der trotz seines Gewichts übermütig auf und ab hüpfte und an einen überdimensionalen Pudding erinnerte. "Kann ich dir ein Bier anbieten?", fragte er, bevor Hans, durch den Zuruf jäh in die Wirklichkeit zurück gerissen, sich orientieren und eine Entschuldigung heischend den Fängen Müllers hätte entziehen können. Stattdessen blickte er diesen stupide an, nickte ungewollt, als segne er der Not gehorchend einen an Irrsinn grenzenden Befehl ab, während sein Gastgeber ihn über die dicke, mehr als altmodische Hornbrille auf die für ihn übliche penetrante Weise wie ein besonders fettes Beutestück anstarrte.

Ludwig Müller, dessen Vater vor wenigen Monaten gestorben war, lebte jetzt unter der Obhut seiner

Schwester, die den zurückgebliebenen, von psychotischen Schüben heimgesuchten Ludwig, so weit es in ihren Kräften lag, betreute, mit dem Lebensnotwendigen versorgte und wie sie tapfer sagte: "Auf Kurs hielt."

Bereits als Baby hatte der Großvater ihm abends Most eingeflößt, damit das Kind besser einschlafe, wie er in fürsorglicher Anteilnahme stets betonte, und außerdem, so sagte er weiter, sei das gesund für das Wachstum, ja die Entwicklung überhaupt. Dabei verwies er des Öfteren auf die französische Armee, die im ersten Weltkrieg auch nur vom Wein gelebt habe. In Bezug auf seinen Enkel sollte er sich irren. Ludwig blieb geistig zurück, verharrte auf der Stufe eines 13-jährigen Alkoholikers. Bis zum frühen Tod der Mutter, die bei den Großkopferten putzte, dem Haushalt eines angesehenen Arztes, der in Naumburg eine gut gehende Praxis für Allgemeinmedizin besaß, ehe ihm, wegen falscher Abrechnungen und diverser anderer Betrugsdelikte, die Approbation entzogen wurde, verlief sein Leben in geordneten Bahnen. Der Vater, trotz seiner Leibesfülle und einem Wesen, das nur als schmierig bezeichnet werden konnte, heiratete wieder, zog umgehend zu seiner neuen Frau und überantwortete Ludwig seinem Schicksal, bis die Schwester eingriff und wieder für normale Verhältnisse sorgte. Damals hatte Ludwig noch im Lager bei Brauner gearbeitet, einem kleinen Verlag in Zeitz, der mit Kochbüchern und Ratgebern zu gesundheitlichen Themen mehr recht als schlecht über die Runden kam, und die zur Auslieferung anstehenden Bestellungen verpackt. Ludwig, oder Müller, wie er in Nachtkirchen nur genannt wurde, war eine unscheinbare Gestalt,und ohne seine psychotischen Anfälle hätte niemand in der Nachbarschaft mehr über ihn erfahren als dass er am Ende der Straße wohnte, bei schönem Wetter auf der Veranda saß, dort entweder mit den Vögeln, zufälligen Spaziergängern oder – wenn sich keine andere Gelegenheit bot – mit sich selbst sprach und dabei mehr Bier vertilgte als der auf diesem Gebiet berüchtigte und kampferprobte Stürmer, Wendelin Krüger, des FC Naumburg, der bekanntlich wegen seiner Alkoholprobleme zwei_, dreimal im Jahr zum Kuraufenthalt in den Bergen verweilte und an manchen Tagen die Musik so laut aufdrehte, dass halb Nachtkirchen mit Volksmusik beschallt wurde. Wie über jeden Sonderling kursierten auch über Ludwig absonderliche Geschichten; vor Jahren war er angeblich ganz aufgeregt nach Hause gekommen und hatte zu seiner Mutter gesagt: "Ich bin befördert worden, und weil ich jetzt immer erreichbar sein muss, bekomme ich zwei Antennen in den Kopf eingepflanzt'" Alle paar Wochen sahen seine Nachbarn, wie er nachts auf die Straße rannte, nur mit Unterhose und Schlappen bekleidet, wild gestikulierend und unverständliche Verwünschungen ausstoßend, mit der er den Mond, den nächtlichen Sternenhimmel, oder wen auch immer er in diesen geistig verwirrten Stunden vor seinem inneren Auge sah – zum Teufel wünschte.

"Hier", sagte Ludwig und reichte Hans das Bier über den Zaun. Hans seufzte geduldig und Ludwig, abgelenkt durch das Geräusch eines am Himmel vorüberziehenden Flugzeuges, meinte: "Die Astronautin, die mit der Raumfähre explodiert ist, hat einen Tag vor ihrem Start noch ein Buch bei uns bestellt. Ein Kochbuch", fügte er erklärend hinzu und leerte sein Bier in einem Zug. "Ich habe es selbst gepackt", berichtete er stolz, kratzte sich an der Nase, deren feingliedriges Netz aus roten Adern aussah wie das Mündungsgebiet des Amazonas, und sog hörbar die Luft ein, als litte er noch heute unter ihrem tragischen Tod. "Und gerade als ich den Adressaufkleber abziehen will, kommt die Meldung über das Radio. Ja, so war das, und hab ich dir schon erzählt", fabulierte Ludwig leutselig weiter, "dass der Reiter, ein Kollege von ihr, du weißt schon, der deutsche Astronaut, der diese Sendung im Fernsehen macht, über den Weltraum und wie das Ganze entstanden ist, auch Kunde bei uns ist? Kauft für seine Frau Ratgeber … Zuletzt über jugendliches Aussehen, durch den Verzehr von ungekochtem Gemüse."

Hans nickte beiläufig, trank auf Ludwigs dritte Aufforderung hin von dem lauwarmen Bier und erblickte im Geiste jung gebliebene Rentner riesige Gemüsefelder wie Kühe abgrasen, ein Anblick, der ihn unwillkürlich zum Schmunzeln brachte und den Ludwig fehlinterpretierte, worauf dieser tiefer in die Schatzkiste griff und wie durch Zauberei weitere zahllose fantastische Begebenheiten zum Besten gab. Hans sah demonstrativ auf die Uhr, nippte aus Höflichkeit an dem Bier und leitete generalstabsmäßig das Rückzugsgefecht ein.

"Tausend Bücher machte ich am Tag versandfertig", hörte er Ludwig sagen, "und ... du trinkst ja nichts!"

"Doch, doch!", erwiderte Hans wie aus der Pistole geschossen, würgte mit zunehmendem Ekel das warme Bier hinunter. "Jetzt muss ich aber", presste er schnell und vergeblich hervor. Ludwig driftete in seine Welt ab, berichtete von seiner ehemaligen Tätigkeit, ihrer Bedeutung für die Menschen und dass er immer 50 und mehr Tage alten Urlaub besaß, weil er unabkömmlich war – nicht unbekömmlich, streute er den allseits bekannten und mittlerweile hoch betagten Witz eines Arbeitskollegen ein, ehe er zu seinem Lieblingsthema, der Volksmusik, überleitete, indem er das im Verlag erschienene Buch 'Heimatliche Klänge' erwähnte. "Du kannst jederzeit Musik von mir haben", bot er Hans großzügig an, schlug klirrend seine Flasche gegen die von Hans, rief, beseligt vom Bier: "Prost!", und saugte die Flasche hörbar bis zum letzten Tropfen aus. "Warte!", befahl er daraufhin, drehte sich schwerfällig um und hastete auf seinen weißen, von der übergroßen Sporthose nur spärlich verhüllten stacheligen Beinen zum Haus, verlor dabei einen seiner ausgetretenen Sandalen, geriet kurz ins Straucheln, stabilisierte seinen Gang nach drei, vier ungelenken Ausfallschritten, und behände wie ein Sumoringer die wenigen Stufen zur Tür überbrückte, bevor er mit den Worten: "Sofort wieder da!", die bereits von der ungewohnten Anstrengung zeugten, im Dunkel des Flurs verschwand. Hans nutzte die sich ihm bietende Gelegenheit, stellte die Flasche auf dem verdorrten, von Löwenzahn überwucherten Rasen ab und flüchtete aus zwei Gründen zum schnellen Beat der heutigen Generation. Erstens, weil er in kürzester Zeit möglichst viel Raum zwischen Ludwig und seine Person bringen wollte und zweitens, damit die durch Ludwigs Schwärmerei für die 'Hintertaler Bloasbuben' ausgelöste und jetzt in seinem Hinterkopf mächtig aufspielende Blaskapelle nicht weiter an Boden gewann.

Atemlos öffnete Hans die Haustür, stolperte in die Küche und sank erschöpft auf den nächsten Stuhl. Seine Beine zitterten als er Minuten später aufstand und den bitteren Geschmack in seinem Mund mit Sprudel hinunter spülte. Langsam kam er wieder zu Atem, schlurfte ins Arbeitszimmer, und einer Gewohnheit folgend, die ihn, wenn er auf der Suche nach Ideen, der richtigen Inspiration für den Fortgang einer Geschichte war, unter Menschen trieb, kauerte er sich auf das breite Fensterbrett. Der Nachmittag mit seiner Hitze flutete wie ein alles versengendes Feuer durch die Straßen, rollte die Blätter der Pflanzen, die ungläubig die Köpfe senkten, das welke Laub betrachteten. Frauen wie Männer unter dem Schutz Schatten spendender Markisen und Sonnenschirme, die mit dem rettenden Wasser bei Fuß standen wie die Feuerwehr bei drohender Waldbrandgefahr, wenn die Männer wie aufgescheuchte Tiere die Nase in den Wind hoben und schnupperten, ob die heiße Luft in der Kopfnote nicht bereits die Spur von Rauch mit sich trug, den leichtesten und flüchtigsten Duft, der die empfindliche, über Jahre geschulte Nase zuerst alarmierte, bevor die durch die Herznote geschwängerte Luft das wahre Ausmaß der Gefahr enthüllte und mit jedem Meter, den der Brandherd näher rückte, in die Basisnote überging, die die Luft aufspaltete in den typischen Eigengeruch der jeweils betroffenen Bäume.

'Wie im vergangenen Jahr', schoss ihm der Gedanke durch den Kopf, 'als ich mich zum Hierbleiben entschied und mit nichts weiter in der Tasche als meinem Notebook und einer Handvoll Kleider der flirrenden Straße folgte, bis ich, ausgetrocknet wie die Pflanzenwelt, wieder vor dem 'Ochsen' stand. Zufällig hielt der Bus mit quietschenden Bremsen an der Haltestelle, schüttete eine Ladung Kinder aus, die lärmend in alle Richtungen auseinander stoben und meinen Blick auf das über die Jahre zerfallende Haus neben der Gaststätte lenkte. Der ausgebrannte Dachstuhl ragte wie ein Fanal des drohenden Untergangs einer ganzen Region in den darüber hinwegziehenden Himmel, als wollte es ihm die Unschuld rauben und sagen: So wie an diesem Ort, dem die Kinder entfliehen, wo die Alten in Alkohol und Dumpfheit versinken, ehe sie ihren letzten Gang antreten und die Häuser vollends ihrem elenden Schicksal überlassen, so solltest auch du in deiner strahlenden Herrlichkeit vom Erdboden getilgt werden!"

Wie Geisterfinger tasteten die Sonnenstrahlen neugierig über die deckenhohen Regale, vollgestopft mit Büchern und Zeitschriften, die Sitzgruppe und neben dem Fenster den schweren Eichenschreibtisch, den er günstig bei einer Auktion im Internet erstanden hatte und der ihm jetzt, seit er allein lebte und auf niemanden mehr Rücksicht nehmen musste, als Ess- und Arbeitsplatz gleichermaßen diente. Hans trank einen Schluck von dem kalten Kaffee, der vom Frühstück übrig geblieben war und noch auf dem Fensterbrett stand und insgeheim hoffte er auf die ihm zugesprochene Wirkung der äußerlichen Verschönerung. Die gemütliche Atmosphäre förderte seinen Hang zum Träumen, ließ seine Gedanken wie fleißige Bienen bald hierhin zu Alois, seinen Problemen und Selbstzweifeln fliegen und bald dorthin, wo die Erinnerung an seinen ersten Vorkor Roman aufkeimte, und weil sie verdorrte, bevor sie zum Erblühen kam, wuchs aus ihrem Wurzelgeflecht eine neue, schwarze Pflanze hervor, die in ihm den Verdacht erregte, dass das Ganze kaum mehr war als eine Spukerscheinung. "Ruhig bleiben", flüsterte Hans und versuchte die Arbeit am Roman ebenso zu verdrängen wie die über seine innere Leinwand huschenden Gedanken. Innerhalb eines Augenblicks kam ihm die Dämonenserie so unwirklich, so fremd vor, als hätte ein anderer sie geschrieben, ein ihm unbekannter Teil seines Selbst, der sich in der Gestalt Vorkors selbst zu erkunden suchte. 'Grotesk!', dachte Hans, schüttelte den Kopf und blickte wie zufällig in sein eigenes, knabenhaftes Gesicht der Schulzeit und erinnerte sich, wie sein Biologielehrer, ein hagerer Mittvierziger, dessen ausgezehrter Körper damals mit Bestzeit den Stadtmarathon gewonnen hatte, seiner Klasse zu vermitteln suchte, dass das Selbst über mehrere Ich-Komplexe verfüge, die sich abspalten und zu einer unabhängigen Person heranwachsen können. 'In der Kindheit missbrauchte Kinder', dozierte er in monotonem Laufschritt, dabei die Bankreihen mit seinem stechenden Blick sondierend, der nur das Ziel hatte, jede Ablenkung zu unterbinden und ihre, mit jeder Minute weiter ermüdende, Aufmerksamkeit auf seinen Vortrag zu fokussieren, der ihr Verständnis hoffnungslos überforderte, 'bilden oft multiple Persönlichkeiten aus, die über Jahre denselben Körper benutzen, bis sie zufällig, wie Menschen an einer Kreuzung, aufeinander treffen, weil einige der Teilpersönlichkeiten über den Zeitverlust stolpern. Ein Beispiel: Junge Frau steht vor dem Spiegel, betrachtet ihr Äußeres und erwacht Stunden später in fremden Kleidern in einem Restaurant, ohne zu wissen, wie sie hierher gelangt ist und aus welchem Grund. Diese Menschen verfügen zumeist über beeindruckende Fähigkeiten, können – weiteres Beispiel –

gleichzeitig Aufgaben in Mathematik lösen und mit der anderen Hand Skripte von der Tafel in ein Heft übertragen.'

"Geistererscheinungen", fluchte Hans ungehalten, den Schmerz vom langen Sitzen, ein Kribbeln in Armen und Beinen ignorierend und trotzdem förderte sein Gedächtnis weitere Erinnerungen zutage, degradierte ihn zur hilflosen Marionette, die, von fremder Hand geführt, beunruhigt hin und her sprang. Hans als Kind, gelenkt von der Mutter, die an seiner Hand zerrte, auf ihn einschimpfte; im Kindergarten mit Pferdegeschirr um den Hals, galoppierend durch das frisch gemähte Gras, die Arme angewinkelt und die Beine gekrümmt, bis der Zaun sein ausgelassenen Treiben unterbrach. Ein Strudel an Bildern, der Hans im Zeitraffer in die Gegenwart riss, ihn wie ein flüchtiger Schemen durch sein Leben katapultierte; Schule, Lehre, die erste Nacht mit Petra, bis der Reigen in jener verhängnisvollen Nacht im Gebirge zum Stottern kam, als ginge ihm die Energie aus, er zum Stillstand gelangte. Der Abend vor dem Unglück. Sie saßen beisammen, redeten, tranken und verbrachten im Grunde nicht mehr als ein paar vergnügliche Stunden. Wie gebannt, als besäße es eine tiefere, besondere Bedeutung, starrte er auf das innere Bild, saugte vergeblich jede Einzelheit in sein Bewusstsein, bis das Klingeln der Haustür weitere Mutmaßungen über das Unglück und seine Folgen unterband.

"Hallo, mein Freund", begrüßte ihn Alois mit schwerer Zunge und hielt sich den Schlüssel unter die Nase. "Muss wohl der falsche sein", stellte er, sanft schaukelnd wie ein am Pier vertäutes Boot fest, grinste und drängte an Hans vorbei ins Haus. "Entschuldige", lallte er, legte beide Arme auf dessen Schultern, rülpste und stieß eine Alkoholwolke aus, die Hans den Atem raubte. "Dieser Abbeizer … ein höllisches Getränk …"

"Ich bring dich nach oben", sagte Hans geduldig, packte Alois an der Hüfte und bugsierte ihn die steile Treppe in den ersten Stock hinauf.

"Gute Idee", antwortete Alois kaum verständlich und küsste ihn auf den Kopf. "Du bist halt ein wahrer Freund. Alle haben mich verlassen", klagte er. "Du wirst mich doch nicht verlassen … oder?" Seine Frage klang wie ein Hilfeschrei.

"Nein", versicherte ihm Hans atemlos.

"Das ist schön … aber weißt du, meine Frau …" Schluchzend brach er ab, wischte unbeholfen über sein Gesicht, und selbst als er Minuten später in voller Montur im Bett lag, zusammengerollt wie ein verängstigtes Kind, konnte er sich nicht beruhigen und weinte, unterbrochen von Gemurmel und dem gelegentlichen Hochziehen der Nase, bis der Schlaf ihn übermannte und von den Erinnerungen erlöste.

Zwei

Die Kinder von Wiegner spielten in der Einfahrt, als er heran gestürmt kam, die Arme angewinkelt, die Zeitung, die er zuvor so drohend geschwungen hatte, klemmte jetzt unter seiner Achsel. Im Vorübergehen strich er seinem Jüngsten, Paul, einem mageren Kerl mit rötlichem Haar und, Sommersprossen auf der Nase, zärtlich über den Kopf, dieser zog unwillkürlich den Hals ein und sah kurz von seinem Spiel auf. "Hallo Papa" sagte er, bevor Wiegner im Hausflur verschwand, und keine Minute später hörte er dessen Frau rufen: "Seid still! Der Papa dichtet wieder." Hans konnte beobachten wie Wiegner am Schreibtisch Platz nahm, eine schwarze Kladde aufschlug und seine Hand in hektischer Betriebsamkeit über das Papier flog. Dann sah Wiegner auf und blickte zu ihm herüber, gerade als Frau Krause in Hans' Blickfeld geriet. Die Haare klebten ihr am Kopf wie eine Strickmütze und ihre Stiefel waren schmutzverkrustet von brauner Erde, als sie mit zwei vollen Eimern Salat und Gemüse, der heutigen Ernte aus ihrem Garten, nach Hause ging; besser gesagt wackelte, weil ihr linker Fuß um fünf Zentimeter verkürzt war und sie, wie sie selbst scherzhaft sagte: "dieses unbequeme Ding nicht in meinem Schuh haben will, das nur Blasen verursacht und mich stundenlang piesackt." Jonny, eine Mischung aus Pudel und Terrier, trottete hinter ihr her, das goldbraune, verfilzte Fell, das aussah wie mit dem Säbel geschnitten, schleifte am Bauch über den Boden. Sorgte der Name des Hundes bereits für die wildesten Spekulationen, wobei die Legende, er sei das Geschenk eines Seemanns, den sie in einer Hafenkneipe in Rostock kennen und lieben gelernt haben soll, ehe er endgültig auf See geblieben war oder bei einer anderen Frau – darüber schieden sich die Geister – derzeit die Favoritenrolle einnahm, so sorgte Lieselotte Krause, seit ihrem Umzug vor drei Jahren nach Nachtkirchen, beständig für neuen Gesprächsstoff. Nicht nur, dass sie jahrein, jahraus dasselbe verschossene, mitleiderregende Kleid trug, das weit oberhalb ihrer knochigen Knie endete, so stimmte auch mit ihrem Gesicht irgendetwas nicht. Sie schien beständig zu grinsen, als ob ihre Gesichtsmuskulatur ebenfalls verkürzt und deshalb die Mundwinkel stets nach oben gezogen waren. Böse Zungen behaupteten, dass nicht nur ihr Äußeres, sondern ihr gesamtes Leben zu kurz gekommen sei. Sie war jünger als ihr Mann und im Gegensatz zu ihm eine richtige Bohnenstange, die den Tag lieber im Garten zubrachte, der sich zwei Straßen von ihrer Wohnung entfernt in einer Baulücke befand, und nicht wie ihr Mann vor dem Fernseher hockte, Kette rauchte, dazu Unmengen an Kaffee konsumierte und geduldig auf die Rückkehr seiner Frau wartete.

Hans folgte ihr, bis die Turmuhr in sein Gesichtsfeld rückte und ihn zur Arbeit mahnte.

Das stickige Zimmer roch muffig, schien seit Wochen nicht mehr gelüftet worden zu sein, als

Vorkor es betrat und im Licht der flackernden Laterne die Einrichtung musterte. Der zerschlissene Bettvorleger, mit spiralförmigen Mustern, knirschte unter seinen Schuhen als er darauf trat und die Bettdecke mit einem Ruck bis zum Fußende zurückschlug. Staubkörnchen wirbelten auf, kreisten wie verirrte Motten um das Licht. Das Bett war leer. Geschmeidig wie eine Katze warf er den Körper herum, untersuchte die Kommode, riss Schubladen auf und hinterließ Abdrücke auf allem, was er berührte. Das Zimmer war seit Jahren nicht mehr bewohnt.

Hier brach die Handlung a,b und seit Tagen zermarterte sich Hans das Gehirn, wer in dem Bett gelegen haben könnte. 'Eine die Sinne berauschende Frau oder …' Er wusste die Frage nicht zu beantworten, und im Grunde interessierte es ihn auch nicht sonderlich. Vorkor war tot! Bereits seit einem Jahr, und es gelang ihm nicht, ihn wieder auferstehen zu lassen. 'Vielleicht', so folgerte Hans, 'musste ich deshalb im Traum in die sterbenden Augen dieser merkwürdigen Kreatur sehen, um zu begreifen, dass es aus dem Reich der Toten kein Zurück gibt. Auch Vampire sind sterblich.' Hans konnte ein Grinsen nicht unterdrücken, trank im Geiste auf Vorkor und dessen sich in mehreren Schritten vollziehendes Begräbnis.

'Das Fleisch will Unendlichkeit, oder nach Nietzsche: 'Alle Lust will Ewigkeit'. Nur wo? An welchem mystischen Ort soll das Fleisch auferstehen?', fragte sich Hans, kniff die Lider zusammen und legte den Kopf ein wenig schräg. 'Im Paradies? Diesem Ort, der Gedanken verwirklichte wie Wünsche im Märchen von Feen und gütigen Zauberern, und der keine Vorstellung unerfüllt lässt? Weshalb aber sollte das Fleisch wiedergeboren werden? Aus Gewohnheit? Weil der Mensch Furcht empfinden könnte, wenn er als reines Geistwesen ohne Körper zu ewigem Sein erwachen würde? Reduziert die moderne Wissenschaft und in zunehmendem Maße der Mensch selbst das Fleisch nicht zum bloßen Träger des Bewusstseins, zum Resonator eines von der Materie unabhängigen, eigenständigen Feldes? Und daraus folgt: Das Fleisch, die komplexe Struktur des menschlichen Gehirns wird überflüssig für den weiteren Fortbestand des Selbst. Wenn wir trotzdem an unserem Körper hängen, ihn mit unserem Ich in Verbindung setzen, seine Klagen vernehmen, mit denen er den Tod, das Unausweichliche, bis zur geglückten Verdrängung wiederkäut, so aus Reminiszenz an frühere Zeiten, als Fleisch und Lust die den Alltag beherrschende Einheit bildeten. Vorkor', seufzte Hans in Gedanken, 'wird dieses Zimmer weder verlassen, noch wird er in Erfahrung bringen, wer hier früher lebte. Kein Weg zurück', sinnierte er, obwohl er fühlte, wie eine unsichtbare Kraft ihn auf der vorgeschriebenen Bahn hielt, ihn vorwärts trieb, Wort für Wort.

Das Telefon klingelte. Hans stand vom Schreibtisch auf, um an den Apparat zu gehen.

"Hans!", rief eine ihm bekannte Stimme, bevor er sich melden konnte.

"Nestor! Mein Gott", antwortete Hans überrascht und neugierig zugleich. "Wie geht es dir?"

"Gut", brüllte Nestor in den Hörer. "Eigentlich wollte ich dich nur kurz darüber informieren, dass ich morgen Nachmittag – so gegen dreizehn Uhr, bei dir sein werde."

"Toll!", rief Hans in den Hörer. "Soll ich dich nicht in Naumburg abholen? Ist doch wesentlich bequemer. Bringst du deine Frau mit?"

"Leider nicht. Katrin laboriert seit Tagen an einer Erkältung herum und hält es deshalb für besser, wenn ich, wie sie sagt, ohne Bazillenschleuder reise. Und Du? Was machen deine Dämonen?", fragte Nestor und seine Stimme klang wie der Sturmwind.

"Schade", erwiderte Hans mit gespielter Entrüstung. "Dann richte ihr meine besten Grüße aus. Und was deine Frage betrifft: Sie bedrängen mich. Wie lange bleibst du?"

"Nur einen Tag. Gastspiel in Halle bei einem alten Bekannten. Wir studierten seinerzeit gemeinsam bei Professor Roser, verloren uns dann etwas aus den Augen … aber das kann ich dir alles morgen erzählen, Hans. Katrin ruft. Ich melde mich!", hörte Hans ihn gerade noch sagen, bevor das Besetztzeichen ertönte.

Er legte kopfschüttelnd auf.

Der Schuss schreckte die Stille auf. Im Halbschlaf tastete Hans nach dem Wecker, der sechs Minuten vor zwei anzeigte. Müde schlug er die Bettdecke zur Seite, stakste ungelenk zum Fenster und spähte hinaus. 'Es gibt nichts Unheimlicheres', dachte er gähnend, 'als eine verlassene, wartende Straße. Die Bäume schweigen, die Vögel zwitschern nicht und jeder Herzschlag verdichtet die Anspannung bis sie unerträglich wird.

Bei Kretschmars ging das Licht im Schlafzimmer an und Hans vermutete, dass sie auf dieselbe unfreundliche Art aus dem Schlaf gerissen worden waren. Weitere Lichter flammten auf. Die ersten Fenster wurden geöffnet und Sieger, der zwischen Wiegners und Kretschmars wohnte, trat, nur mit Shorts bekleidet, auf die Terrasse und suchte mit einer Taschenlampe den Garten ab. Wenig später zuckte er mit den Schultern, schloss die Tür und kurz darauf erlosch bei ihm im Wohnzimmer das Licht.

Der lebhafte Mond wanderte bleich wie das Gesicht des alten Kretschmar über den Himmel, wurde hin und wieder von vereinzelten Wolkenfetzen verdunkelt, die, schwarzen Schleiern gleich, von Osten über das Land trieben und rund um den zarten Hof des Mondes Furcht einflößende Gestalten in den nächtlichen Himmel malten. Einem inneren Impuls folgend stieg Hans die Treppe in den unteren Stock hinab, tastete im Dunkeln nach dem Schalter und griff im flackernden Aufleuchten der Neonröhre nach dem Sprudel, der noch vom Abend auf dem Küchentisch stand.

Draußen entspannte sich die Situation. Die Köpfe verschwanden von den Fenstern, Vorhänge wurden wieder zugezogen, Lichter gelöscht, und zwanzig Minuten später erinnerte nichts mehr an den nächtlichen Zwischenfall. Hans verspürte kurz den Drang, in den Garten hinauszugehen, um zu überprüfen, ob bei ihm alles in Ordnung war, unterdrückte ihn jedoch und kletterte, nachdem er kurz nach Alois gesehen hatte, der tief und fest schlief, wie seine Nachbarn ins Bett zurück.

"Morgen, Herr Kümmelkorn!", begrüßte ihn Mutter Hansen, sichtlich außer Atem. "Wie immer?"
"Nein, ich habe für die nächsten Tage Besuch", antwortete Hans und Mutter Hansen starrte ihn so lange an, dass er fragte, was los sei.
"Ach, ist das eine Aufregung", meinte sie völlig aufgelöst, "und das ausgerechnet heute, wo die Sandra nicht da ist."
"Was ist denn?", erkundigte sich Hans und fügte hilfsbereit hinzu: "Wenn ich in irgendeiner Weise behilflich sein kann ..."
"Danke. Nein ... nein. Der Monteur ist bereits unterwegs. Wissen Sie, Herr Kümmelkorn, der Backautomat schaltet nicht mehr ab und jetzt muss ich ständig auf die Uhr sehen, damit die Teilchen nicht zu Kohle werden. Riecht man es denn nicht mehr?", fragte Mutter Hansen verwundert und schnüffelte, wie ein Hund, der die Fährte aufnahm, in der Luft.
"Nein."
"Diese Technik", seufzte sie und steckte der Ge-

wohnheit gehorchend zwei Brezeln und ein Tafelbrötchen in die Tüte. "Allmählich verliere ich den Anschluss an die heutige Zeit. Neulich, Herr Kümmelkorn, warten Sie … es muss Montag, ja, am Montag gewesen sein, als plötzlich mein Telefon nicht mehr funktionierte. Was habe ich nicht alles unternommen! Die Leitungen überprüft, die Stecker, selbst im Keller bei diesem grauen Kasten … nichts. Keinen Mucks. Gegen Nachmittag wurde es mir schließlich zu dumm und ich bin zu Karl hinüber gegangen, und was glauben Sie war der Grund? Der Akku war leer. Vermutlich habe ich es am Abend vorher nicht richtig auf die Station gestellt … Moment", sagte sie und eilte nach hinten in die Küche. "Oje oje!", hörte Hans sie verzweifelt ausrufen, als er, wie immer in diesem gemütlichen Laden, in die Kindheit abtauchte.

Das kleine Geschäft, in dem Mutter täglich ihre Einkäufe erledigt hatte, war ein u-förmiger Schlauch, vollgestopft mit Regalen, und am unteren Ende, an der wuchtigen Glastheke, Frau Rosenmayer, die dort im Gegensatz zu ihrem sonstigen flinken Auftreten in aller Seelenruhe die gewünschten Brötchen zusammengesucht oder Wurst aufgeschnitten und dabei ein Schwätzchen gehalten hatte. "Wissen Sie", war dabei ihre einleitende Floskel gewesen, wobei sie sich weit vorbeugte, bis ihr Oberkörper auf dem mächtigen Busen wie auf einem sanften Ruhekissen zum Liegen kam, während ihre Stimme zu einem kaum verständlichen Flüstern herab sank.

Oft war Hans ihre Geheimniskrämerei bedeutend größer erschienen als die nachfolgende Neuigkeit, weil es sich im Grunde um Alltäglichkeiten handelte, wie: Dass die Müllerin ihr drittes Kind erwarte, der alte Moser sturzbetrunken nach Hause getorkelt war oder der Junge von der Kowatsch, diesen Spätaussiedlern, wieder in ein krummes Ding verwickelt sein sollte; Nachrichten, die im Verlauf des Tages ohnehin die Runde durch die Neubausiedlung gemacht hatten. Die Kinder bekamen zur Ablenkung einen Wurstzipfel, und solange die Mutter aus Höflichkeit zuhörte, war Hans schnurstracks zu dem Regal mit den Zeitschriften gelaufen und hatte die neuesten Comics bestaunt. Kalar, der mir dem Flugzeug im Dschungel angestürzt war und jetzt in diesem unwegsamen, von Gefahren nur so lauernden Gebiet für Gerechtigkeit sorgte. Unterstützt wurde er dabei von Freunden, Lendenschurz tragenden Eingeborenen, mit fremd klingenden Namen und bewaffnet mit Blasrohren, aus denen giftige Pfeile über hundert Meter weit geschossen werden konnten. Daneben Yps, ein Magazin, in dem Woche für Woche eine Überraschung beigelegt war: Unsichtbare Tinte, ein Vergrößerungsglas zum Selber bauen … der Ideenreichtum der Herausgeber war ihm unerschöpflich erschienen.

"Gerade noch rechtzeitig!", stieß Mutter Hansen erleichtert aus und schüttete die frischen und herrlich duftenden Brötchen in den Korb. "Ach, ihre Tüte", meinte sie dann und griff sich überrascht an die Stirn. "Hier!" Mutter Hansen reichte sie ihm über die Theke. "Wo habe ich heute nur meinen Kopf?", fuhr sie fort, wischte sich mit der Hand über den Mund und zog einen langen Speichelfaden mit. "Dabei habe ich ihn jedenfalls", scherzte sie. "Wenn Sie es passend haben, sonst rechnen wir morgen ab."

"Ich .. äh, bräuchte noch drei Tafelbrötchen, zwei Brezeln und zwei von diesen Salzstangen", sagte Hans freundlich.

"Ihr Besuch!", unterbrach ihn Mutter Hansen, und trotz der Aufregung, die sie seit den frühen Morgenstunden umtrieb, sodass sie bereits mit sich selber zu sprechen begann wie die Kröten an einsamen Abenden, wenn sie mit den kalten, bläulich funkelnden Sternen schwatzten; eine Angewohnheit ihres Naturells, die nur zum Vorschein kam, wenn sie wirklich nicht mehr wusste, wo ihr der Kopf stand, wie damals in Tirol in den Bergen, als ihr Mann unbedingt auf diesem schmalen und gefährlich abschüssigen Bergweg die Blüte des Enzians aus nächster Nähe fotografieren wollte, dabei das Gleichgewicht verloren hatte und so unglücklich gestürzt war, dass er sich den linken Knöchel brach. Bis zur nächsten Hütte hüpfte er, von Mutter Hansen gestützt, jammernd und mit vor Schmerz entstelltem Gesicht, neben ihr her, während sie unaufhörlich vor sich hin plapperte, vom Hundertsten ins Tausendste kam, nur um sich selbst von den möglichen Gefahren abzulenken.

Sie packte alles in eine große Tüte, strich sich eine widerborstige Strähne aus dem Gesicht, lächelte nervös und kam auf Umwegen auf Hans' Besuch zu sprechen, als hinter ihm die Türglocke klingelte und ein Mann in blauem Overall den Laden betrat.

"Frau Hansen?", fragte er und fügte, als sie bejahte, hinzu: "Firma Großmann."

"Ich komme später noch einmal vorbei", verabschiedete Hans sich von Mutter Hansen, die nur kurz nickte und überglücklich ausrief: "Ah, der Monteur!"

Gemächlich rührte Alois seinen Kaffee um. Er schien sich mit irgend welchen Problemen herum zu schlagen, denn seine Stimmung wurde mit jeder Minute gedrückter.

"Was ist los?", fragte Hans, dem dieses trübsinnige Gesicht auf den Magen schlug.

"Nichts!" beteuerte er und sah von der Tasse auf. "Als du vorhin Nestors Besuch erwähntest, da, wie soll ich sagen, kam die ganze Erinnerung wieder in mir hoch. Bis zu diesem Tag, Hans, schien mein Leben in geordneten Bahnen zu verlaufen, zumindest dachte ich das. Doch das Unglück …", Alois seufzte lang anhaltend, schlürfte an seinem Kaffee und steckte sich ein Stück Brezel in den Mund. "Danach", fuhr er kauend fort, als bedürfe sein Verhalten am gestrigen Abend einer Erklärung, "war alles anders. Am schlimmsten waren meine Selbstzweifel, die fürchterlichen Launen, die sie auslösten und … ich kann Helen verstehen … Mein Leben bestand nur noch aus zwei Dingen: Arbeit und Schreiben. Jeden Abend habe ich mich in mein Zimmer verkrochen … stundenlang, und oft saß ich noch über den Büchern, wenn sie ins Bett ging. Ich habe sie und die Kinder von meinem Leben ausgeschlossen ... seit Jahren, Hans. Das Unglück hat die Entwicklung nur beschleunigt; Helen die Augen geöffnet, dass es so mit uns nicht weiter gehen konnte. Zwischenzeitlich gab es Phasen, da dachte ich: Jetzt hast du es. Sämtliche Puzzleteile fügen sich ineinander und wenn du diese Passage noch neu formuliert hast, dann ist es endgültig fertig und du kümmerst dich ‚wieder mehr um Helen und die Kinder. Aber du weißt, wie das ist, Hans", sagte Alois wie im Selbstgespräch, befingerte neugierig sein unrasiertes Kinn und rümpfte die Nase, als wolle er ausdrücken, dass Wissenschaft nie an ein Ende gelangt.

Hans, der über seinem Frühstück brütete, blickte erschreckt auf. "Ja", murmelte er und formte aus dem Teig der Brötchen unterschiedlich große Kugeln, die er in aufsteigender Reihenfolge auf dem Tellerrand drapierte.

Alois runzelte die Stirn in gespielter Verärgerung. "Helen hätte mit mir reden können ... nicht so sang und klanglos die Koffer packen ... vielleicht hat sie es versucht und ich habe ihr nur nicht zugehört, weil ich zu sehr mit meinen Ideen beschäftigt war."

"Du solltest dir keine Vorwürfe machen, Alois", sagte Hans, bestrich ein Brötchen mit Marmelade, biss hinein und meinte kauend: "Was ist mit dem Manuskript? Hast du es bereits einem Verlag angeboten?"

"Wozu?", zischte Alois verächtlich und winkte ab, als könne er so seiner Wut auf das Verlagswesen eine zusätzliche Dimension verleihen. "Ohne Titel oder einer vergleichbaren Reputation ist auf diesem Gebiet kein Blumentopf zu gewinnen. Wissenschaftler sind, besser gesagt: halten sich für eine elitäre Gruppe, und Außenstehende, also Quereinsteiger wie ich, haben kaum eine Chance, publiziert zu werden. Von Anerkennung will ich überhaupt nicht reden. Andererseits", sagte Alois bedächtig und starrte nachdenklich in seine Tasse, als könne der spärliche Bodensatz ihm die Zukunft weissagen, "in den letzten Tagen", fuhr er mit brüchiger Stimme noch langsamer fort, so dass die Worte ihren Zusammenhang verloren, einzeln im Raum schwebten, "habe ich mir oft die Frage gestellt: Wozu? Weshalb setze ich mich jeden Tag stundenlang an den Computer, formuliere Theorien ... die niemand je lesen wird? Wozu, Hans? Du kannst zumindest von deiner Arbeit leben ..."

"Aber nur, wenn ich zwei Romane pro Jahr abliefere, und mit dem letzten bin ich mehr als im Rückstand. Ohne Rücklagen müsste ich längst einem Brotberuf nachgehen", flocht Hans ein, als Alois in beredtes Schweigen verfiel und nur seine Lippen, die sich lautlos bewegten, schienen etwas erwidern zu wollen. Alois verharrte weiterhin in dumpfem Brüten und die Zeit kroch so langsam weiter, dass sie Hans auf den Magen schlug.

Alois stützte die Wange auf die Faust, so dass sein Gesicht teilweise verborgen war und stocherte mit dem Löffel in der Tasse, bis er mit einer geflüsterten Bemerkung das Schweigen aufhob. "Letztlich bleibt nichts von mir."

Hans warf ihm einen tadelnden Blick zu. "Deiner Theorie zufolge", sagte Hans, wobei in seiner Stimme ein gefühlvolles, fast weibliches Timbre mitschwang, das wie ein verwehender, federleichter Herzschlag eines feinfühligen Wesens war, "geht nichts im Kosmos verloren."

"Außer dem Selbst", erwiderte Alois und richtete sich auf. "Ein kluger Kopf hat einmal gesagt: Wenn man hören kann, wie die Zeit vergeht, scheint einem der Tag länger."

"Schön. Und was willst du damit zum Ausdruck bringen? Dass die Tage endlos sind …"

"Nein!", unterbrach Alois ihn und schüttelte vehement den Kopf. "Nur dass ich das Leben höher einschätze als früher, vor dem Unglück."

"Gut. Und?"

"Ich kann es – wie soll ich es dir begreiflich machen – nicht leben, vom Genießen ganz zu schweigen. Da ist dieser Drang", sagte Alois hasserfüllt, als habe er sein Leben verpasst und stünde jetzt vor dessen Trümmern, "der mich vorwärts treibt. Er gönnt mir keine Ruhe, und jede Atempause verstärkt diese allgemeine Unzufriedenheit, die wie ein drohendes Unwetter heraufzieht, die Sonne verdunkelt und den Tag zur Nacht macht. Verstehst du?"

"Nein", antwortete Hans geduldig und fügte hinzu: "Wie auch …"

"Ich", stieß Alois verzweifelt aus, stand auf und

begann, in der Küche auf und ab zu gehen, als helfe ihm die Bewegung beim Ordnen seiner Gedanken. "Ich … will einfach nur leben … mit Helen und den Kindern glücklich sein … mehr nicht. Früher", sagte er, und betrachtete im Vorbeigehen Hans mit weit aufgerissenen und flehenden Augen, "wollte ich der ganzen Welt beweisen, ja ins Gesicht schreien, dass ich kein Versager bin. Meine ganze Theorie, Hans, zielt im Grunde genommen nur darauf ab, dem Bodensatz der Gesellschaft dieselbe Bedeutung zuzusprechen wie den Erfolgreichen. Das ist natürlich nur im 'Jenseits', innerhalb eines umfassenderen Bewusstseins, möglich, und das habe ich in den vergangenen Jahren konzipiert. Ich war ein Narr! Besser gesagt ein Träumer, der nicht aufwachen wollte, und wenn doch ein wenig Licht durch die geschlossenen Lider drang, dann habe ich sie nur umso fester zugepresst. Ich wollte die Realität nicht sehen; nicht wahrhaben, dass ich ein …"

"Du bist kein Versager", sagte Hans und erntete dafür ein teuflisches Knurren, das tief aus Alois' Kehle drang und von der Angst zeugte, die er vor sich selbst zu verbergen suchte.

"Selbst wenn", grollte er sarkastisch und scheuchte den Gedanken wie ein lästiges Insekt mit einer mehrdeutigen Handbewegung fort, "so könnte ich damit leben. Das Schlimmste ist der Zweifel, der aus den Trümmern wie Unkraut sprießt, als wollte er sagen: 'Wozu?' In ein paar Jahren ist alles vorüber, Hans, und nichts wird von mir bleiben, nicht einmal ich selbst. Das ist die bittere Erkenntnis, die ich mehr als mein halbes Leben verdrängt habe."

"Das Leben ist nicht bedeutungslos, Alois", sagte Hans und sein Gesicht nahm einen nachdenklichen Ausdruck an, als müsse er, mit zwei, drei weiteren Sätzen Alois' Zweifel wegwischen wie den Staub auf der Vitrine mit dem feuchten Lappen. "Du hast Kinder, die ihren Vater brauchen, eine Frau, die dir verzeiht, wenn du dich zu ändern bereit bist, und du hast ein Wissen angesammelt, um das dich mancher Gelehrter beneiden würde. Das, Alois, ist in meinen Augen kein vergeudetes Leben, im Gegenteil. Was soll ich denn sagen?", meinte Hans und hielt inne, lauschte den eigenen Worten, die in seinem Kopf widerhallten und den frischen Schorf auf der Wunde, die seine Trennung von Petra gerissen hatte, abpulten wie ein Kind, das ständig die juckende Stelle kratzte und sie dabei wieder zum Bluten brachte. "Mein Leben lässt sich ganz gut mit einer Matroschka vergleichen. Wenn ich glaube, mich zu erkennen und mein Leben im Griff zu haben, schraubt ein verborgener Teil meines Selbst die Puppe auf und führt mir meinen Irrtum vor Augen. Was ich damit sagen will, Alois, ist: Solange wir atmen, verändern wir uns und das gibt uns die Chance, uns neu zu entdecken, ja neu zu definieren, und dass wir in Umbruchphasen so manches in Zweifel ziehen oder völlig verwerfen, das ist normal und gehört zum Leben wie die Nahrung; trotzdem dürfen wir unser bisheriges Leben nicht verleugnen, das wäre fahrlässig und würde unweigerlich, über kurz oder lang, in die Depression führen. Nietzsche schrieb: Wir müssen zu unseren Werken stehen."

"Nietzsche", wiederholte Alois bewundernd, lächelte matt und griff unbewusst nach einem Stück Brezel. "Wir müssen ohne Wahrheit leben, behauptete er in einem seiner Aphorismen, und vielleicht ist es das, woran ich mich zuerst gewöhnen muss. Im Glauben leben", sagte er leise, mit einer Milde in der Stimme, deren emotionale Unterströmung ihr einen sentimentalen Charakter verlieh. "Vor vielen Jahren", erinnerte er sich und nahm, den Blick zwanzig Jahre in die Vergangenheit gerichtet, auf dem Hocker am Fenster Platz, "habe ich geschrieben: Mit Vierzig sollte der Mensch einen Glauben haben, mit dem er leben und sterben kann; nur so kann er den Rest seines Leben in Ruhe genießen. Hätte ich damals nur auf mich gehört", meinte Alois und grinste verschmitzt. "Vielleicht bin ich dabei, eine neue Puppe zu enthüllen …"

"So, wie du manchen Schatz in deinem bisherigen Werk entdecken wirst", warf Hans ein und schürzte die Lippen, als wolle er einen Rauchring blasen, ein Muster aus Kreisen in Kreisen.

"Trotzdem werde ich an das verdammte Manuskript letzte Hand anlegen und dann kann es von mir aus in der Schublade versauern. Womöglich bin ich wie Nietzsche ein Zuspätgeborener …"

"Oder zu früh, Alois", sagte Hans und fügte scherzhaft hinzu: "Und deine Leser tragen noch Windeln."

"Senile Greise, die medikamentös ruhiggestellt, in

ihren Betten den Tag verdämmern, ihre Windel vollkacken und … ist das unsere Zukunft, Hans?", fragte Alois und wünschte sich jetzt, trotz seines Brummschädels, einen von Ernst`s Abbeizern, um den Spuk, bevor er Schaden anrichten konnte, zu ersäufen.

"Noch einen Kaffee?"

"Danke", antwortete Alois und überlegte. "Zwei Jahre sind eine lange Zeit. Erinnerst du dich, wie wir bei der Hütte beisammen saßen?", fragte er übergangslos und musste dabei schmunzeln. "Ich hatte ein Auge auf Eris geworfen und sie mächtig angebaggert, aber ich war Luft für sie. An dem Abend war ich zu betrunken, um es zu sehen, später waren andere Dinge wichtiger, und erst in den letzten Wochen, als ich die Ereignisse Revue passieren ließ, habe ich es bemerkt: Sie hatte nur Augen für dich. Wie sie dich angesehen, deinen Arm wie zufällig berührt hat, wenn du ihr Wein nachgeschenkt hast und … sie lebt doch jetzt wieder hier? Alois verstummte und sog die Wangen ein, als sei er von der Wahrheit seiner Erkenntnis so überwältigt, dass er ein Grinsen nur schwer unterdrücken konnte.

Hans blickte ihn zugleich überrascht und entrüstet an. "Wir sind gute Freunde, mehr nicht. Willst du mich verkuppeln?"

"Nichts liegt mir ferner", beteuerte Alois und stemmte seinen Körper hoch. "Dann will ich dich nicht weiter von der Arbeit abhalten. Außerdem ruft mich mein Feld", fügte er an und strebte, ausgerüstet mit einer Flasche Sprudel und drei Alka-Seltzer, seinem Zimmer zu.

Drei

Hans rieb sich über die Stirn, sah mit gelangweilter Miene aus dem Fenster, wo der Tag, bedingt durch den unaufhaltsamen Webstuhl der Zeit, langsam dem Mittag zustrebte. Er dachte über das Gespräch mit Alois nach, sah die Parallelen, die trotz oder gerade wegen seiner nur zaghaft vorgetragenen Ausflüchte ins Rampenlicht traten und im grellen Scheinwerferlicht der Bühne den Oberkörper der lebensgroßen Matroschka gegen den Uhrzeigersinn drehten.

Kretschmar schlug die Fliegenklatsche auf den Tisch, suchte vergeblich nach dem erlegten Wild und widmete sich seiner Zeitung. Die Enkel spielten Onkel Doktor, untersuchten neugierig ihre Körper, sezierten sie wie Assistenzarzt Berg seine Patienten im Fernsehen, stellten unter lautem Gelächter Diagnosen und neigten bedenklich den Kopf, wenn eine Operation notwendig war oder zumindest ratsam erschien. Eine Gruppe Jungen erregte ihre Aufmerksamkeit, die lärmend dem kleinen Bolzplatz zustrebte, dessen windschiefe Tore seit Jahren Wind und Wetter trotzten, während der Platz, von Unkraut überwuchert, kaum mehr ein brauchbares Spielfeld abgab. Der Wecker auf Hans' Schreibtisch, der wie der Bolzplatz seine besten Tage hinter sich hatte und sein Überleben nur einer glücklichen Erinnerung verdankte, tickte wie ein kaputtes Herz, unregelmäßig, so wie es sein abgenutztes Innenleben zuließ.

Hans schlürfte seinen Kaffee, warf dabei über den Rand der Tasse einen verstohlenen Blick auf das Notebook; sein Fanal der Faulheit, das ihn zur Arbeit mahnte. Eine Fliege huschte über den Tisch, ließ sich auf einem der Bücher nieder, putzte die haarigen, dünnen Beinchen, flog auf und summte um seinen Kopf. Von der Durchgangsstraße drang das ewige Rauschen des Verkehrs in das Zimmer herüber; ein scheinbar nie versiegender Strom von Pendlern, Urlaubern und zum Einkauf nach Naumburg fahrenden Frauen, der in der Nacht abebbte, jedoch nie völlig zum Erliegen kam. Im Nebenhaus von Kretschmar tauchte zwischen Büschen die getigerte Katze vom Gemeindediener Wolfersen auf, eine Streunerin mit verfilztem Fell und zahlreichen Narben, die von ihren heldenmütigen Kämpfen gegen all jene zeugten, die ihr im Verlauf ihres Lebens zu töten getrachtet hatten Jetzt durchstöberte sie die Mülltonne, vermutlich nicht nur für sich, sondern auch für ihre Jungen, die sie wahrscheinlich im Keller eines der verlassenen Häuser versteckt hatte, welche seit Jahren zerfielen, und die Erinnerungen an die früheren Bewohner, an glückliche und schmerzliche Tage, die sie bis jetzt in ihrem Gemäuer bewahrt hatten, vergingen mit ihnen. Plötzlich beschlich Hans ein Gefühl der Einsamkeit und er wünschte sich nichts sehnlicher als diese verwahrloste Katze. Er wollte sie streicheln, für ihr Wohlbefinden sorgen, sich an ihrem zufrieden Schnurren erfreuen, wenn sie ihre lauwarme Milch schlabberte, davon träge wurde und neben ihm einschlief, das Köpfchen an seine Wange gepresst. Und als hätte sie seine Gedanken erraten, sprang sie von der Tonne, huschte zwischen die Sträucher und blieb verschwunden. Erst jetzt bemerkte er Siegers Frau, die im geblümten Kleid und mit umgebundener Gartenschürze, auf der allerlei Gemüse aufgestickt war, in gebückter Haltung Unkraut jätete. Das Hinterteil in den Himmel gereckt, kämpfte sie sich die Beete entlang, in denen, neben Tomatenstauden, Himbeersträuchern und einer Zucchinipflanze, die in ihrem unersättlichen Wachstumsdrang die Einfriedung zu sprengen drohte, zahlreiche Gartenzwerge ihr wenig beachtetes Dasein fristeten und mit Schaufeln, Schubkarren oder einzig mit ihren knallroten Mützen bewaffnet, die sorgsam gehegte Ernte vor räuberischen Fressattacken zu verteidigen suchten.

'Vor dem Mittagessen würde noch ausreichend Zeit sein', dachte Hans und blickte grimmig auf den dünnen Stapel Blätter, der Vorkor bis in das verfluchte Zimmer geführt hatte, in dem er sich bereits seit Tagen das Gehirn zermarterte, wer hier früher sein Domizil aufgeschlagen hatte.

"Sie werden das schon machen, Hans! Wir verstehen uns? Vampirgeschichten sind derzeit umsatzstark", hörte er Möller sagen. Und, als wäre dies Anreiz genug, die Serie bis zum 'Jüngsten Tag' fortzuschreiben, "Sie verdienen damit doch recht ordentlich, nicht wahr? Oder ist er unzufrieden?!", brüllte er in Richtung Vorzimmer. "Das müssen Sie ihn selbst fragen", antwortete Jutta diplomatisch ausweichend. "Jetzt setzen Sie sich an ihren Computer, Hans und – sagen wir – in drei Monaten legen Sie mir den nächsten Band vor. Und was dieses andere Manuskript betrifft … Die Hütte, oder wie hieß es doch gleich? Darüber unterhalten wir uns gelegentlich, wenn die Verkaufszahlen Ihres neuesten Romans unseren Erwartungen entsprechen. Ist ja nicht gerade Ihr Thema, nicht wahr? Habe ihn kurz quergelesen, nun ja, das Interesse darüber wird sich in Grenzen halten, mein Lieber. Diese Drecksäue – damit bezeichnete er die Personen, die entweder keine oder nur die In-Bücher konsumierten, die gelesen werden mussten, um hipp zu sein – sind nur auf Sensationen aus, Hans und … könnten Sie die Handlung nicht ins Himalaja verlegen? Dazu ein paar spektakuläre Unfälle mit Toten … eingefroren, praktisch in der Bewegung für die Ewigkeit konserviert. Aber so! Meine Enkel", und hier erfuhr sein Gesicht wieder diese merkwürdige Metamorphose vom gefühlskalten Geschäftsmann zum liebevollen Onkel, der aus Sicht der Kinder ein Engel war, auserkoren, zu jeder Tages- und Nachtzeit ihre Wünsche zu erfüllen. Ein kummervoller Blick, der Hauch eines Glitzerns in diesen unschuldigen Augen, deren Anblick ihm den süßesten Nektar ersetzte, und er hastete wie von Furien gehetzt los, brachte, bevor er das Licht löschte, ein Glas Wasser ans Bett oder er raste kurz vor Ladenschluss nach Naumburg, um den verlegten und trotz allem Suchen unauffindbaren roten Stift neu zu kaufen, damit das Bild noch vor dem Zubettgehen fertig gemalt werden konnte. "Meine Enkel", wiederholte er mit verklärtem Gesichtsausdruck, als erhebe der bloße Gedanke an diese von Götterhand erschaffenen Engel, ihn bereits in überirdische Sphären, "sind ganz versessen auf Vampire und diese Reihe … Gebiss … Morgenrot …, oder hieß es 'Morgen bist du tot?' Jedenfalls muss ich ihnen jeden Tag daraus vorlesen und …", er kehrte, nach diesem obligatorischen Ausflug in die Gefilde des Übernatürlichen in die Nüchternheit der Realität zurück, "deshalb, Hans", meinte er in versöhnlichem Tonfall und zwinkerte mit dem linke Auge, "schreiben Sie noch ein paar Vorkor Romane. So, damit wäre dann ja alles besprochen", beendete er das Gespräch, schob ihm über den Schreibtisch die Hand zu und zwang Hans dadurch zum Aufstehen. "Wir verstehen uns", sagte er zum Abschied, hustete gekünstelt und schrie nach Jutta, die er an diesem Morgen ausnahmsweise nicht als blöde Sau, sondern lediglich als faules Miststück betitelte.

Das Gesicht von Alois huschte über den Schirm, lenkte ihn von Vorkor und dem verdammten Zimmer ab, das ihm allmählich zum Gefängnis, zur letzten Ruhestätte wurde. 'Kein Weg zurück', hörte er die Worte eines Schlagers, die sich wiederholten, einmal, zweimal, endlos, als wolle die hängende Platte ihm mitteilen: 'Gib auf! Es hat keinen Sinn. Du wirst den Roman nie beenden.' Die Worte summten wie Insekten in seinem Kopf umher und sprachen nur aus, was er im Unbewussten längst als Realität akzeptiert hatte, dass nur sein Pflichtgefühl die folgenschwere Wahrheit unterdrückte, indem sie ihn als Versager abstempelte und mit Schuldgefühlen überhäufte.

Missmutig öffnete Hans die Datei, scrollte bis zum Ende, legte die Hände auf die Tastatur, schloss für Sekunden die Lider und materialisierte neben dem Bett. Er atmete dieselbe abgestandene Luft wie Vorkor, hörte das Knirschen des Bettvorlegers, bis ein Geräusch im Flur seine Aufmerksamkeit erregte. Hans stand still! Langsam wandte er den Kopf, starrte auf die Tür, hielt gebannt den Atem an und lauschte. Kurz blickte er zum Fenster; es war immer noch dunkel, keine Spur von Sonnenaufgang. Plötzlich schaukelte das Zimmer, träge wie ein Fischerboot in der morgendlichen Brise. Langsam, ohne das geringste Geräusch zu verursachen, zog Hans seine Klinge. Jeder Muskel in seinem Körper war bis aufs Äußerste angespannt. Draußen blieb es still, als er sich Schritt für Schritt der Tür näherte. Dann hörte er es wieder; ein schabendes, kratzendes Geräusch, als ob jemand etwas Schweres über den Boden schleifte. 'Vorher ist niemand im Haus gewesen', dachte Hans und fragte sich: 'Was oder wer könnte das Geräusch verursachen? Andererseits spielt es keine Rolle. Ich werde abwarten, bis es unmittelbar vor der Tür ist, sie aufreißen und den Feind erledigen, bevor dieser die Situation begreifen und Gegenwehr leisten kann.'

Hans überflog den letzten Abschnitt, fühlte die Türklinke, und ausgerechnet in dem Augenblick, wo er sie öffnen, dem Feind gegenübertreten wollte, schweiften seine Gedanken ab, drängte erneut Alois in sein Bewusstsein. 'Ich habe nie bemerkt', blitzte ein Gedanke in ihm auf, 'wie ähnlich wir uns sind.' Nachdenklich lehnte Hans sich zurück, schlug die Beine auf dem Tisch übereinander und wippte bedächtig auf und ab, als wiege er ein Baby in den längst überfälligen Schlaf, summte dabei ein Lied, das der Sohn von Wiegner auf dem Klavier geübt hatte, bis es zerbrach, weil Wiegner, der laut den Takt mitzählte, 'Nein, nein, nein!' geschrien und seinen Sohn die Passage wiederholen ließ.

Im Raum wurde es still bis auf die Melodie, die erstarb wie ein Frühlingslüftchen, und Hans musste unwillkürlich lächeln, weil er wie Vorkor die Muskeln in Alarmbereitschaft versetzte und zur Tür sah, der letzten Barriere zwischen ihm und der draußen lauernden Gefahr. "Lächerlich", schalt er sich halblaut selbst einen Narren, obwohl er wie sein Held in die unheimliche Stille horchte, die für diese Tageszeit ebenso außergewöhnlich wie das ihn beschleichende Gefühl war, nicht allein zu sein. 'Wer hat Angst vor dem schwarzen Mann?', sagte ein Gedanke genau in dem Moment als der Monitor dunkel wurde und der Lüfter abschaltete. Beides erschreckte ihn fast zu Tode. Lediglich das Wummern seines Herzens, das mit jeder Sekunde, die verstrich, höher kroch, bis es den Hinterkopf erreicht hatte und von dort schmerzhafte Giftpfeile bis in die Augen schoss. Zitternd hob er die Hand, fühlte den Schmerz, der von ihr ausstrahlte und bereits bis zum Ellbogen vorgedrungen war. 'Herzinfarkt!', schrie die wie Asphalt unter dem Druck von Unkraut aufbrechende Befürchtung, die sich binnen eines Atemzuges zur Gewissheit verdichtete und ihm den Schweiß aus sämtlichen Poren trieb. Die Erinnerung an ein früheres Erlebnis versetzte ihn in der Zeit; er sah aus dem Fenster im 'Ochsen' auf den Hinterhof: 'Was du willst, kann ich dir nicht geben; meine Liebe liegt zertrümmert wie tot in der Erde, umkränzt von welken Blumen. Ich sollte sehen, aber hartnäckig verweigern mir die Lider ihren Gehorsam, und wenn ich antworten, sie bitten will, dann verschließt Moos meine Lippen.' Die Worte von damals wirbelten auf wie der Staub der Jahre in dem ihn umkränzenden Raum, dessen muffiger Geruch, schleichend wie Gift, mit jedem Atemzug in seinen Körper drang. Der Schmerz erreichte seine Schulter. Hans stöhnte unterdrückt und versuchte ihn zu lindern, indem er seine Lage veränderte. Dabei stieß er gegen einen Stapel Bücher, der ins Wanken geriet und wie von Kinderhand mit Bauklötzen errichtete, windschiefe Türme hin und her schwankte, bis er umstürzte und die Fachbücher über Vampire, Nahtoderlebnisse mitsamt den bisherigen Bänden der Serie polternd über den Fußboden verteilte. 'Die Liebe', hatte er an diesem Abend von Petra bedrängt gedacht; nach ihrem stummen Vorwurf, dass er sich in sein Schneckenhaus zurückziehe, in das er niemanden, selbst sie nicht, einlasse. 'Die Liebe war fort und aus ihrem Zerfall sprossen Unverständnis und das Bedürfnis nach einem Morgen, das ein Gestern ist.' Ihn schwindelte, und wie vor einem Jahr vermischten sich die Gedanken, verurteilten ihn zum Zuschauen ohne die Möglichkeit auf Begnadigung. Hans spürte, wie sein Oberkörper zitterte; Stimmen schlugen auf ihn ein, traurige, erregte Stimmen und geflüsterte, drohende Worte, hingeworfen mitsamt den Masken schwebten sie entblößt im Raum zwischen den körperlosen Gestalten, und trotz der Wahrheit, die ihnen innewohnte, flatterten sie ungehört zu Boden. Die Lippen seines früheren Ichs waren blutleer, bebten, und die Augen spiegelten bereits die Verlassenheit wider, die seine Worte wie ein Verhängnis über ihn gestülpt hatten; einem Unheil vergleichbar, schlimmer als die Todesstrafe, weil es seine Liebe bis zur Gefühllosigkeit zerrieb. Das Geräusch im Flur, dem er mit all seinen Sinnen nachspürte, den leiser werdenden Schritten, die in Stille mündeten und ihn allein zurück ließen, aussetzten auf einer Insel mitten im Ozean, erfüllt von Sehnsüchten und der trügerischen Hoffnung, die, das fühlte er tief in seinem Herzen, verwehen würde wie ihr Geruch, den er bereits jetzt anders wahrnahm, seltsam fremd und ohne die damit verbundenen Erinnerungen. Benommen schüttelte Hans den Kopf und dachte: 'Das muss der Kreislauf sein, ausgelöst durch den Druck ... Petra, Vorkor', flüsterte ein Gedanke und brach ab. Das Gefühl, dem Treiben hilflos ausgeliefert zu sein, fror seine Bewegung ein und fokussierte seinen Geist wie ein Brennglas. 'Du gehörst nicht hierher!', kreischte sein jugendliches Ego das Gesicht im Spiegel an, dessen Verzweiflung die sich abzeichnende Losgelöstheit von der schmerzhaften Realität, die ihn damals wie heute umgab, zu erdrücken suchte. Plötzlich drehte sich die Welt, schnell wie ein auf Knopfdruck in Bewegung gesetztes Rad. Im Raum herrschte ohrenbetäubende Stille, und solange draußen, hinter diesen versteinerten Wänden, das Leben seinen Fortgang nahm, änderte es hier drinnen sein Aussehen, schaltete von Zukunft auf ein Jetzt, das kein Später kannte und ihn wie eine endlos geflochtene Schleife im Kreis drehte, stets an den Ausgangspunkt führte, wie eine defekte Schallplatte, bis er, der Sequenz nach der x-ten Wiederholung überdrüssig, die Stromzufuhr durchschnitt wie die Moire Klotho, die Spinnerin den Lebensfaden. Er rätselte, ob er Lachesis sein Los verdankte; sie ihn in Atropos' Arme getrieben hatte, oder lediglich die profane Wirklichkeit, die einzig physikalischen Gesetzen gehorchte, für sein Schicksal verantwortlich zeichnete? 'Vielleicht', hörte Hans sich in der Erinnerung sagen, 'habe ich in den letzten Monaten zu verbissen um den Fortgang der Geschichte gerungen?', und obwohl die Worte falsch klangen, Misstöne in ihm hervorriefen, akzeptierte er sie, und als hätte es nur dieses Entschlusses bedurft, sackte er in seinen Körper zurück, fühlte die Steifheit in den Beinen, die Schmerzen im Rücken und stöhnend wuchtete er die Füße vom Tisch, setzte sich aufrecht und massierte das taube Fleisch, bis es zu Kribbeln anfing. Zufällig berührte er die Maus. Der Bildschirm dimmte hoch und damit Vorkor, der kampfbereit an der Tür stand, die Klinke in der einen und den Degen in der anderen Hand, bis das Geräusch unmittelbar vor der Tür erstarb. Hans musste lachen, aber es war ein von unbestimmter Furcht geprägtes Lachen, das anstatt Fröhlichkeit Entsetzen hervorrief und die Zukunft wie einen sich mit Lichtgeschwindigkeit fortbewegenden Körper auf ein überschaubares Maß verkürzte und die der Wirklichkeit anhaftende Wahrheit dem Schleier der Maja, den wir uns selbst des Öfteren nur zu bereitwillig überstreifen, entgegensetzte, sodass er, für einen flüchtigen Augenblick, seinem nackten Selbst in die Augen blickte. Irritiert stolperte Hans ins Bad, warf sich kaltes Wasser ins Gesicht und musterte seine Züge im Spiegel. "Muss ich mir Sorgen machen?", fragte er das vom Abtrocknen gerötete Gesicht.

Vier

Vom ersten Stock drang das Klappern der Tastatur zu ihm herunter, löste die Stille von vorhin ab, die überhaupt nicht still war, sondern im Treppenhaus knarrte, in der Uhr tickte und auf der Straße vorbei fuhr, die sich zu Hans herüber beugte, ihn anstarrte, schwatzte und ihren Fortgang fand im Radio, das Sieger auf die Veranda schleppte und zu voller Lautstärke aufdrehte. Dazu genehmigte er sich ein Bier, verrenkte die Hüften im Takt, tanzte auf seine Frau zu, die er nur bei ihrem Kosenamen 'Schnucki' rief, während sie die Wäsche von der Leine nahm und verständnislos den Kopf schüttelte, weil jedes Wort in dem Gedröhnte untergegangen wäre. Kretschmar flüchtete vor dem Lärm ins Haus und zog den Vorhang zu.

Das Geräusch einer Sirene wurde lauter, verstummte und im selben Augenblick bog ein Streifenwagen in die Straße ein und bremste scharf vor Wiegners Grundstück. Zwei Beamte stiegen aus, überprüften das Namensschild auf dem Briefkasten und gingen dann zielstrebig auf das Haus zu. Erst jetzt bemerkte Hans, das Wiegners Wagen in der Auffahrt stand und sämtliche Rollläden heruntergelassen waren. Sieger stellte das Radio ab, beobachtete, wie die Polizisten klingelten, abwechselnd durch das Mattglas an der Tür ins Innere spähten, dann ein paar Schritte zurück traten und den Blick über die Front nach oben in den ersten Stock schweifen ließen, ehe sie zu Wiegners Auto hinüber liefen. Der kleinere Polizist, ein untersetzter älterer Mann mit Halbglatze, deutete auf den hinter dem Haus liegenden Garten, folgte dem schmalen Pfad und kehrte keine zwei Minuten später kopfschüttelnd zurück. Der andere Streifenpolizist nickte, lief zum Fahrzeug, setzte sich auf den Vordersitz und telefonierte vermutlich mit der Einsatzzentrale.

Zehn Minuten später erschien ein zweiter Streifenwagen und hinter ihm ein Bus mit der Aufschrift 'Schlüsselnotdienst'. Gemeinsam marschierte die kleine Gruppe zum Haus und verteilte sich um den am Boden knienden Mann vom Schlüsseldienst, bis dieser das Schloss ausgebaut hatte.

"Hast du die Polizei bemerkt?", rief Alois, kaum dass er die Tür aufgerissen hatte und zu ihm ans Fenster gestürzt war. "Wer wohnt denn dort", fragte er und blinzelte in die mittägliche Sonne.

"Wiegners", antwortete Hans und fügte auf Alois' neugierigen Blick hinzu: "Jüngeres Ehepaar mit drei Kindern."

"Interessant", stieß Alois sensationslüstern aus, beschattete die Augen und ließ seinen Blick über die Reihen der Häuser und Vorgärten wandern, bis sein Blick auf Kretschmars Frau hängen blieb. "Und wer ist diese Frau in dem Kimono?"

"Wo?"

"Dort auf der Veranda", meinte Alois und grinste

amüsiert, als der Kimono ein Stück aufschwang und den Blick auf zwei massige rosa Schenkel, haarlose Beine, freigab. Sie stapften mit ungewohnter Flinkheit zum Gartentor, und die Frau spähte zu Wiegner hinüber und winkte ihren Mann heran.

"Kretschmar. Nettes älteres Ehepaar, das es in letzter Zeit auch nicht leicht hatte", sagte Hans und erzählte Alois die tragische Geschichte.

"Wow! Und ich dachte, hier in diesem Nest sterben die Menschen nur aus zwei Gründen: Altersschwäche und Langeweile."

Weitere Anwohner bevölkerten mittlerweile die Vorgärten, und selbst aus den Seitenstraßen drängten immer mehr Schaulustige in die Nähe von Wiegners Haus, aus dem in diesem Moment ein Polizist im Laufschritt zu seinen Fahrzeug rannte, dessen bleiche Starre, ausgelöst von dem Gesehenen, seine Gesichtszüge zusammenhielt. Von diesem Zeitpunkt an überschlugen sich die Ereignisse.

Zuerst kam ein Rettungswagen mit eingeschaltetem Martinshorn. Zwei Rettungssanitäter sprangen heraus, schoben die Seitentür auf, packten ihre Koffer und verschwanden in der Tür, die inzwischen von zwei Polizisten bewacht wurde. Fahrzeuge in Zivil fuhren im Schritttempo unter Hans' Fenster vorbei, hielten und schütteten weitere Schaulustige, erste Reporter und ein Team von NM-TV aus. Kretschmar unterhielt sich angeregt mit seiner Frau, spekulierte wie die übrigen Anwohner gestenreich über den Grund dieses Aufgebots an Polizei und

Rettungsfahrzeugen. Der Mann von NM-TV stellte den Neugierigen erste Fragen über die dort lebende Familie, filmte das im Fokus der Sensationslust stehende Haus der Wiegners mit einem langsamen Schwenk. Zwischen der beständig weiter anwachsenden Menschenmenge auf der Straße trieben Reporter ihr Unwesen, kritzelten eifrig Notizen in kleine Bücher, nickten zu den Antworten und eilten in der Hoffnung zum Nächsten, dort auf eine ergiebigere Quelle zu stoßen. Dazwischen warfen sie alle paar Sekunden neugierige, meist verstohlene Blicke in Richtung der Haustür, sondierten die Gesichter der beiden Polizisten, deren grimmig schläfriger Blick zwischen Grauen und völliger Ausdruckslosigkeit wechselte, als betätige ein Gnom in ihrem Kopf im Takt ihres Herzens einen Schalter; ein Vorgang, der sich mit jedem Zuruf, jeder neuen Erkenntnis, jedem Fund im Haus beschleunigte, bis der jüngere von beiden die Hand auf den Mund presste, ein paar Schritte in den Garten rannte und sich in das von Steffi liebevoll gepflegte Beet übergab. Das sorgte sofort für Aufregung, woraufhin die Reporter ihre Befragungen unterbrachen, zumal ein dunkler Mercedes mit Leipziger Kennzeichen sich hupend einen Weg durch die Menge bahnte. Zwei schwarz gekleidete Herren schälten sich aus den Ledersitzen, die, um als 'Men in Black' anerkannt zu werden, nur zweier Sonnenbrillen bedurft hätten, und erteilten mit knappen Handbewegungen Befehle, worauf die Polizisten an der Tür dienstbeflissen zur Straße eilten und den Radius um das Haus vergrößerten. Ihr Erscheinen trieb die nervliche Anspannung zum Äußersten und Hans konnte hören, wie Kretschmars Frau aufstöhnte: "Ich gehe ins Haus", sagte sie mit zitternder Stimme, raffte ihren Kimono und eilte im Laufschritt, den Kopf gebeugt wie ein angriffslustiger Stier, ins Wohnzimmer, als Kretschmar Hans bemerkte, ihm zuwinkte und irgendetwas brüllte, das wie 'Familiendrama' klang, damit sämtliche Blicke der Presse auf sich lenkte, und weil auf dem Grundstück von Wiegner sich derzeit nichts von Bedeutung ereignete, umringten sie ihn wie ein Schwarm Bienen die letzte Blume auf Erden. Fragen regneten wie reife Früchte auf ihn herab, er wurde fotografiert als er die Hand in den Himmel reckte, als wolle er damit sagen: 'So etwas habe ich schon lange kommen sehen, bei dem Wiegner.'

Alois stieß sich von der Wand ab. "Ich geh nach draußen. Kommst du mit? Riecht das nicht gerade nach einer Story?", fragte er, packte Hans am Arm und schleifte ihn wie ein widerborstiges Kind, das im Supermarkt seine Bonbons nicht bekommen hatte und jetzt an der Hand der Mutter den Aufstand probte, hinter sich her.

"Hab gar nicht gewusst, dass Nachtkirchen so viele Einwohner hat", scherzte Alois, der wie ein kalter Schatten auf die Straße spähte, wo die aufgesplittete Menge der Schaulustigen wie zwei aufgeblähte Segel beidseitig des Grundstückes sich bauschend hin und her wogte und die hektische Betriebsamkeit beobachtete, das Kommen und Gehen von Polizisten, Rettungsärzten und Spezialisten, die das Grundstück abriegelten, sprachlos ihre Eindrücke austauschten, als ließe sich so das Gesehene besser verarbeiten und die Bilder im Kopf zum Verblassen bringen, bevor der Schrecken sich dort einnisten und das Grauen in Sorge um die eigene Familie umschlagen konnte.

"Ein Leichenwagen", sagte Alois und spielte nervös mit dem Kreuz, das er, zur Erinnerung an seine Mutter, an einer goldenen Kette um den Hals trug, und deutete auf den Kombi, der mit Warnblinklicht und pietätvoll verdunkelten Fenstern, auf denen 'Friedrich & Söhne, Gegründet 1899' zu lesen war, in die Straße einbog. Wenig später trugen die Inhaber zwei Zinksärge heraus, und bevor die Luft den verwaisten Platz wieder in Besitz nehmen konnte, wurde er ebenso stilvoll wie geräuschlos von der Konkurrenz eingenommen. 'Die Gebrüder Wilhelm', deutlich kürzer im Bestattungswesen tätig, verrichteten ihre Aufgabe unauffällig, wie es für diesen Erwerbszweig heute erwünscht ist. Nicht ohne Grund zirkulierte in Fachkreisen das Sprichwort: Ein guter Bestatter ist unsichtbar und tritt erst in Erscheinung, wenn er sein bescheidenes Salär einfordert. Trotzdem ging ein Murmeln durch die Menge, als sie die Särge der Kinder heraus trugen.

"Fünf Särge", murmelte Alois tonlos, presste die Lippen zusammen, als hätte er in diesen Minuten damit bereits zu viel gesagt und senkte betroffen den Kopf. "Post!", sagte er dann eine Nuance lauter, bückte sich, hob das hinter der Blumenschale versteckte Paket auf und las: "Herr Hans Kümmelkorn, persönlich. Ziemlich schwer", fügte er hinzu und wog es abschätzend in der Hand.

"Post? Ungewöhnlich für diese Zeit", antwortete Hans und sah auf die Uhr.

"Von E. Wiegner. Hast du nicht gesagt, dass …"

"Wiegner!", stieß Hans überrascht aus und schrak zusammen, als habe der Blitz ihn getroffen.

"Was er dir wohl schickt?", überlegte Alois laut und schüttelte das Paket.

"Zeig her", sagte Hans gefährlich leise und begann zu zittern wie ein Kaninchen, über das der Schatten des Bussards streicht.

"Hey! Ist dir nicht gut, Hans? Du bist plötzlich blass wie die Wand hier."

"Ich weiß nicht … lass uns ins Haus gehen", antwortete Hans und brachte mühsam ein Lächeln zustande, das Alois um gütige Nachsicht bat und gleichzeitig seine Missbilligung über das mysteriöse Paket ausdrückte.

Trotz Hans' finsterer Miene redete Alois beharrlich weiter. "Los, mach es auf, Hans. Kanntest du ihn näher, diesen Wiegner? Was glaubst du ist in dem Paket? Seine Lebensbeichte?", überschüttete er Hans mit Fragen, der ihm schweigsam folgte, das Paket in der ausgestreckten Hand, als handelte es sich um einen gefährlichen Sprengkörper, der bei der kleinsten unachtsamen Begegnung explodieren konnte. "Ticken tut es zumindest nicht", versuchte Alois ihn aufzuheitern, wobei er ihm den Arm auf die Schulter legte.

Hans atmete geduldig aus. Es klang wie ein Seufzer. "Kannst du bitte eine Minute still sein? Ich muss nachdenken."

"Schon gut", erwiderte Alois ungehalten und zog eine Schnute. "Ich meinte es nur gut. Also ich würde es sofort aufreißen ..."

"Alois, bitte!"

"Ok, ok", grummelte dieser und hob abwehrend die Hände. "Außerdem habe ich Hunger. Wenn du dich beruhigt hast, dann triffst du mich im 'Ochsen'. Ein Abbeizer würde dir jedenfalls gut tun, so wie du aussiehst."

"Herr Kümmelkorn", sagte Else erfreut, setzte ihr breitestes Lächeln auf und ordnete unbewusst ihre Schürze, als wisse sie vor Aufregung nicht wohin mit ihren Händen. "Sie werden noch Stammgast bei uns. Guten Tag, Herr Schwarz", begrüßte sie Alois und fügte hinzu, wobei sie den Kopf etwas zu Seite neigte: "Keinen Brummschädel?"

"Er hält sich in Grenzen", antwortete Alois..

"Tagesessen? Es gibt Sauerbraten mit Knödel?"

Hans sah Alois an, der nickte. "Dann zweimal und für mich bitte ein Bier."

"Für mich die Kombipackung, nach dem Tumult ..."

"Richtig! Sie wohnen ja fast gegenüber. Fürchterliche Sache", sagte Else und senkte ihre Stimme, "die ganze Familie. Vor allem die Kinder ... hatten doch ihr ganzes Leben noch vor sich." Sie schüttelte verständnislos den Kopf. "Was treibt einen Menschen zu solch einer schrecklichen Tat?", stellte sie die Frage in den Raum, der alle, die davon wussten, mit brennender Neugier nachspürten. "Konnte schon aufbrausend sein", erzählte sie weiter und löste damit in Hans dieselbe Erinnerung aus wie die, auf welche sie anspielte. "Waren Sie an diesem Abend ... ja! Da hinten an der Tür saß Karl, hier das Ehepaar und sie ..." Else zögerte kurz und überlegte. "Genau! Neben der Tür. Wielange ist das jetzt her? Drei Wochen ... vier. Oh, Gott!", rief sie aus und brachte angesichts der Ereignisse nur ein verunglücktes Grinsen zustande. "Danach war er nicht mehr hier", stellte Else abschließend fest und verharrte unschlüssig auf der Stelle, während Hans' Erinnerung den von Else angesprochenen Abend wie einen Film vor seinem inneren Auge abspulte.

Am Stammtisch wurde es laut. Gerber, Frührentner aufgrund einer Borreliose-Erkrankung, bis zu seiner Pensionierung selbst Lehrer, erteilte, soweit es seine angeschlagene Gesundheit erlaubte, Nachhilfestunden und – wie er gerade sichtlich verärgert dem Kollegen Wiegner auseinander gesetzt hatte – wie soll ein Kind Deutsch lernen, wenn es den ganzen Tag bei den Großeltern verbringt und dort nur Türkisch gesprochen wird? Wiegner nickte zustimmend, während Gerber sein Bier trank und über den

Rand des Glases hinweg die Striche auf dem Deckel zählte und dachte: 'Ein weiteres letztes könnte ich mir heute ausnahmsweise genehmigen. Jetzt wo es lustig wird', damit auf Wiegner anspielend, der im schnellen Takt eine Halbe nach der anderen in sich hinein schüttete und dabei zunehmend gesprächiger wurde. Laut sagte er: "Noch ein Bier, Heinz!"

Heinz hob die Hand, stellte das polierte Glas ins Regal, warf einen prüfenden Blick auf die Streithähne am Stammtisch und zapfte das Bier. Else servierte gerade dem Ehepaar auf Durchreise ihr Essen, wünschte "Guten Appetit" und blieb abwartend stehen.

"Wie weit ist es noch bis Dresden?", fragte der Mann und griff nach dem Besteck.

"Warten Sie … Heinz! Wie weit ist es noch mal bis Dresden?"

"So 200 Kilometer", antwortete dieser, ohne aufzusehen.

"Hast du gehört, Paul? 200 Kilometer", flüsterte die Frau, die in ihrem bunten T-Shirt und der engen Jeanshose wesentlich jünger wirkte als sie tatsächlich war. Jetzt verstärkte die Besorgnis die vom Alter und einem ausschweifenden Lebensstil eingeprägten Falten. "Ist es nicht besser, wenn wir morgen weiter fahren, Spatzi?"

"Geht schon", knurrte der Mann, säbelte sein Schnitzel mit einer Aggressivität in der Mitte durch, als müsse er mit bloßen Händen eine Horde Kannibalen abwehren.

"Du bist doch müde, das sehe ich dir doch an",

setzte die Frau behutsam und mit einer Stimme nach, in der sowohl Besorgnis als auch Verärgerung über die Unvernunft und den Starrsinn ihres Mannes mitschwangen.

"Ja", meinte Else und trat einen Schritt zurück. "Wenn Sie ein Zimmer wünschen, sagen Sie einfach Bescheid. Und noch einmal guten Appetit."

"Danke", antwortete die Frau und lächelte angespannt. Ihr Mann, ein braun gebrannter Mittsiebziger, mit straffem Gesicht, in dem die Krähenfüße kaum auffielen, vollem, grau meliertem Haar und zwei Reihen strahlend weißer Zähne, um die ihn jedes Filmsternchen beneidet hätte, zischelte nur: "Mal schauen."

Neben dem Ehepaar, zwei Tische von Hans entfernt, saß Karl Hübner, der Friseur, blätterte sichtlich gelangweilt in einer der ausliegenden Illustrierten und blickte alle paar Minuten missmutig seufzend auf die Uhr. 'Dass die Gabi ausgerechnet heute ihre Party veranstalten muss, wo ich mich seit Wochen auf das Spiel gefreut habe', dachte er, seufzte erneut lang anhaltend, hob sein Glas und hüstelte, bis Heinz auf ihn aufmerksam wurde und ihm mit einem weiteren Viertele die häusliche Verbannung erträglicher gestalten sollte.

Hübner blätterte um, betrachtete Heidi Klum, deren Foto eine Doppelseite einnahm und anschließend, eher zufällig, das winzige Schwarz-Weiß-Bild unten links, welches ihren Noch-Ehemann zeigte und ihn unwillkürlich an ein Fahndungsfoto der Polizei aus den Siebzigern erinnerte. 'Ich behalte das Geld und die Kinder!', las Hübner die Überschrift und dachte, wobei er aufsah, weil es am Stammtisch plötzlich turbulenter zuging: 'Letztlich, geht es immer nur um das liebe Geld.'

"Wenn bei mir ein Kind den Unterricht stören würde!", brüllte Johann Schmid aufgebracht, seit dreißig Jahren Lastwagenfahrer bei Wachutke, Vater von vier Kindern, und fuhr sich erregt mit der Hand durch sein schütteres, von grauen Strähnen durchsetztes Haar. "Dann würde ich es bei den Ohren packen, vor die Tür schleifen und nach Hause schicken. Soll es doch seine Eltern zur Verzweiflung treiben, aber nicht auf meinen Nerven herumtrampeln. So habe ich meine Kinder erzogen und aus allen ist etwas Vernünftiges geworden", schloss er seine Tirade grinsend und mit stolz erhobenem Kopf ab. Dabei sah er zuerst Wiegner, dann sein Gegenüber, Rolf Maizen, an, einen ehemaligen Staatsbediensteten, der seit Anfang des Jahres seinen Ruhestand genoss und, um der Provokation willen, zustimmend sein Bier hob, bevor er wieder Wiegner ins Auge fasste, weil er Widerspruch oder zumindest einen Vortrag über die heute praktizierten, pädagogischen Erziehungsmaßnahmen zuallererst von ihm erwartete.

Die Bemerkung traf Wiegner an seiner empfindlichsten Stelle, und jählings, als sei die äußere Realität ausradiert, konnte er an nichts anderes mehr denken als an diesen Vorwurf: 'Wer die Gemeinschaft stört muss aus ihr entfernt, wie Unkraut vom Erdboden getilgt werden. Das', so empfand er, 'wollte Johann mit diesem Beispiel ihm gegenüber zum Ausdruck bringen. Er wusste von seinem Fehltritt in Mühlhausen und stellte ihn jetzt als gemeinen Verbrecher hin ...' Wiegner griff, schäumend vor Wut, nach seinem Glas, führte es mit zitternder Hand an die Lippen, stürzte es in einem Zug hinunter, wischte mit dem Ärmel den Schaum vom Mund und stellte es in mühsam zur Schau gestellter Selbstbeherrschung geräuschlos auf den Deckel, der bereits zahlreiche Striche aufwies.

"Wie hast du das gemeint, Johann?", stellte er diesen zur Rede und nagelte ihn mit den Augen an die Wand.

"So wie ich es gesagt habe", antwortete Johann hämisch lachend, weil Wiegner wie erhofft auf seine überspitzte Bemerkung reagierte hatte. Dabei sprühte ihm die Abenteuerlust aus den Augen.

'Unmöglich!', schoss es Wiegner durch den vom Bier umnebelten Kopf. 'Woher wusste Johann ...?' Er sprang auf, warf dabei den Stuhl um, wodurch der Geräuschpegel am Tisch weiter anstieg. Heinz mahnte zur Ruhe, und je mehr die Stille die Oberhand gewann, desto mehr Blicke richteten sich auf Wiegner.

'Sie wissen es alle! Endlich habe ich den Beweis. Jetzt wollen Sie gleich beschwichtigen ... abwiegeln, dabei bin ich ganz ruhig, besonnen bis in die letzte Faser meines Körpers. Ich werde nach Hause gehen ... kommentarlos; dann können sie über mich reden und ihr lästerliches Maul über das Geschehene zerreißen.'

Mit äußerster Selbstbeherrschung hob er den Stuhl auf, ging, den Geldbeutel aus der Gesäßtasche ziehend, zu Heinz an den Tresen und legte mit zusammengepressten Lippen einen Schein vor ihn hin.

"Stimmt so", sagte er halblaut und um seine Fassung bemüht, den Blick starr auf die Tür gerichtet, auf die dahinter liegende Dunkelheit, die ihn schützend in Empfang nehmen und mit einen Schleier des Vergessens umhüllen würde.

"Das hättest du ja nicht zu sagen brauchen!", schimpfte Georg Buchner, der jüngste am Stammtisch. "Weißt doch, wie der Ernst reagiert, wenn er sein Quantum hat."

"Was habe ich denn schon gesagt?", verteidigte sich Johann mit gespielter Entrüstung. "Nur, dass ich mir von den verzogenen Gören nichts gefallen lassen würde."

"Das allein war es nicht und das weißt du! Du hast ihn dabei so eindringlich angestarrt, als wolltest du ihm unterstellen ..."

"Nichts habe ich ihm unterstellt!", brüllte Johann und schlug mit der Faust auf den Tisch, dass die Gläser klirrten. "Und wie er meine Meinung auffasst, dafür kann ich nichts. Heinz! Lass hier mal die Luft raus oder besser bring gleich eine ganze Runde."

"Wie lange dauert dein Exil hier noch?", fragte

Heinz, als er Hübners Glas gegen ein volles austauschte.

"Gute Stunde", meinte er mit einem Blick auf die Uhr und deutete unauffällig mit dem Kopf zum Stammtisch hinüber. "Schwer was los heute."

"Die alten Streitköpfe. Dass die den Wiegner immer aufstacheln müssen, wo die doch genau wissen, wie er nach ein paar Bieren auf ihre Sticheleien anspringt."

"Entschuldigung!", rief die Frau am Nebentisch. "Wir nehmen das Zimmer."

Buchner stand auf, rannte hinter Wiegner her und erwischte ihn zwischen Tür und Angel, so dass Hans unfreiwillig Zeuge ihres kurzen Gesprächs wurde.

Ein Gitterwerk aus Sternen sprenkelte den nördlichen Himmel, und Wiegner starrte zu ihnen hinauf, pumpte frische Luft in seine Lungen, stellte auf seltsame Weise eine Verbindung mit den zufällig verstreuten Sternen her, bis er die Umrisse des Balles, den wie schlafend auf der Straße liegenden Körper des Jungen und andere ihn an jene Nacht erinnernden Bilder ausmachen konnte. Ein stiller, bleicher Sichelmond hing wie ein Mahnmal über dem Kirchturm, die Bäume und Büsche wisperten, unterbrochen von vereinzelt vorbeifahren Autos, leise im Abendwind, als erzählten sie von ihm, und die Äste, vom Wind bewegt, zeigten über die Straße auf ihn, den Verbrecher, der bis jetzt seiner gerechten Strafe entgangen war. Hier und da blitzte in der Dunkelheit ein Lichtschein auf und überall summten die Insekten, schwirrten um die Lampen, Gefangene des gelblichen Scheins, der sie wie ein Trabant auf diese Kreisbahn zwang. Gerade wollte Wiegner endgültig den 'Ochsen' verlassen, weil er jetzt niemanden in seiner Nähe ertragen konnte, alleine sein wollte, doch der Buchner hielt ihn an der Schulter gepackt zurück und versuchte ihn zu beruhigen.

'Der weiß es auch', dachte Wiegner und ihm wurde plötzlich heiß, als wolle sein Organismus den Hass ausschwitzen. 'Von Franziska, dieser Nutte, ging es aus …!' Er verfluchte die Stunde, in der er es ihr gebeichtet hatte, weil es doch unmittelbar vor ihrer Haustür passiert war.

"Jetzt komm, Ernst", sagte Buchner in versöhnlichem Ton. "Der Johann hat das doch nicht so gemeint."

'Das muss bald ein Ende haben', überlegte Wiegner in fiebriger Erregung. 'Wo soll ich denn noch hin? Mich wieder versetzen lassen? In die nächste Stadt flüchten? Was steht denn der Buchner immer noch neben mir und lässt mich nicht gehen?'

"Du", erwiderte Wiegner, den Kopf fast bis zur Brust herab gesenkt, "es ist ja nicht nur das Gerede von ihm. Ich habe viel Schlimmeres auf dem Herzen, über das ich nicht sprechen kann."

"Das wissen wir schon länger", antwortete Buchner ruhig, in einem Tonfall, den Wiegner nicht an ihm kannte. Er riss sich los und Buchner kehrte kopfschüttelnd über dessen seltsames Verhalten in den Gastraum zurück.

"Hallo!", rief Alois und stoppte damit den Film. "Wo bist du denn mit deinen Gedanken?", fragte er und rümpfte die Nase, weil Hans seit fünf Minuten an ihm vorbei ins Nichts starrte.

"Ach nichts", erwiderte Hans und wischte mit einer wegwerfenden Handbewegung die letzten Bilder aus seinem Bewusstsein, "nur diese Szene, von der Else gesprochen hat, ging mir plötzlich durch den Kopf ..."

"Ich kann sowieso nicht verstehen, wie du so ruhig hier sitzen kannst", sagte Alois und blickte auf, als Hübner mit seiner Tochter den Raum betrat. Sie grüßten im Vorbeigehen.

"Hallo", sagte Hans und lächelte freundlich. Im hinteren Teil wurde es lauter. Eine Gruppe Monteure diskutierte über Musik; das Gespräch ein Konglomerat aus alkoholgeschwängerten Fantasien und von Büchern entliehenen Phrasen, angetrieben von den verstaubten Flügeln des Ventilators, der die stickige Luft im gleichmäßigen Takt umrührte. Die Männer selbst, dunkelgraue Gestalten, die Gesichter durch die von den geschlossenen Fensterläden erzeugte, künstliche Dämmerung verborgen, das Geheimnis ihres Mienenspiels bewahrend.

"Da hältst du das Vermächtnis eines Menschen in den Händen, der, meiner Meinung nach, gerade seine Familie ausgelöscht hat und ... hörst du mir überhaupt zu?", fragte er und folgte Hans' Blick hinüber zu Hübner.

"Nettes Ding!", fügte er dann hinzu, pfiff leise durch die Zähne und musterte sie ungeniert.

Else nahm gerade ihre Bestellung auf und Ilona, dünn wie ein Stock, mit kurz geschnittenem Haar, schwarzen, männlichen wirkenden Augenbrauen und einem kleinen Muttermal auf der Stirn, lächelte verlegen, als sie Alois' Blick bemerkte. "Taille wie eine Sanduhr", meinte Alois anerkennend.

Von der Theke drang das Geräusch klirrender Gläser herüber. Zwei ältere Männer nahmen heute die Plätze von Gruber und dessen Sohn ein, kippten Heinz' Abbeizer wie klares Leitungswasser in ihre Kehlen und Hans konnte ihren Stimmen anhören, dass sie bereits seit längerer Zeit hier saßen.

"Der Rektor", stieß der linke, ein beleibter jüngerer Mann, mit schulterlangem Haar und tätowierten Oberarmen, mit schwerer Zunge aus, "hat die Polizei informiert und die haben sie dann gefunden."

"Jawoll", erwiderte der andere, wobei sein Kopf, als sei er aus dem Gleichgewicht geraten, auf die Brust absackte. "Darauf trinken wir einen" sagte er wenige Augenblicke später, riss den Kopf hoch, tastete nach dem Schnapsglas und führte es wie in Zeitlupe an die Lippen. "Weg damit!", befahl er. "Noch zwei", grummelte er dann aus trüben Augen Richtung Wirt, knallte wie Heinz das Glas auf den Tisch und meinte: "Die Frau muss fürchterlich zugerichtet gewesen sein", erzählte er in schleppendem Tonfall weiter, der Oberkörper wie ein Schilfrohr im Wind hin und her wogend, "mit einem Hammer … bewusstlos geschlagen, dann erwürgt, wie die Kinder. Mein Freund, du weißt schon, Polizei

Naumburg ... war mit als erster am Tatort und ... er hat Wiegner gefunden ... am Schreibtisch ... die Waffe noch in der Hand und, hat er gemeint, die Kinder lagen ganz friedlich in ihren Betten. Als ob sie schliefen; sorgsam zugedeckt."

"Was bringt einen Menschen dazu?", fragte sich der Tätowierte und kratzte sein unrasiertes Kinn. "Jetzt muss ich aber so langsam", fügte er hinzu, als Heinz die Abbeizer brachte. "Was bin ich schuldig?"

"Lass nur", unterbrach ihn der andere, "dass übernehme ich. Na dann Prost!"

"Hans!", rief eine bekannte Stimme, und bevor er sich umdrehen konnte, plumpste ein schwerer Gegenstand zu Boden. Das dumpfe Geräusch schien endlos nachzuhallen.

"Nestor!", erwiderte Alois überrascht. "Wir haben dich erst später erwartet", sagte er und begrüßte Nestor herzlich. "Bist auch nicht schlanker geworden", stellte er fest, setzte dazu ein schelmisches Grinsen auf, schob ihn ein Stück von sich und musterte Nestor von oben bis unten. "Siehst gut aus, alter Knabe. Deine Katrin scheint dir zu bekommen."

"Setz dich!", rief Hans vom Tisch aus.

"Moment", antwortete Nestor und schob seinen Holzkoffer ein Stück zur Seite.

"Ich wollte es überhaupt nicht glauben, dass du hierher kommst, als Hans mir von deinem Anruf erzählte."

Nestor winkte, bis Heinz auf sein Zeichen aufmerksam wurde. "Überraschung! Nein im Ernst.

Die Einladung erfolgte ziemlich kurzfristig und normalerweise hätte ich abgelehnt, aber ... schön euch zu sehen! Was ist denn draußen los? Allein auf dem kurzen Stück von der Haltestelle hierher sind zwei Fahrzeuge der Polizei an mir vorbei gefahren."

"Guten Tag, der Herr", grüßte Heinz den Neuankömmling mit prüfendem Blick, wobei er das linke Auge zukniff und in seinem Gedächtnis nach der passenden Schublade suchte. "Reporter?", fragte er mit einem Unterton, der seine Abneigung gegen diesen Berufsstand zum Ausdruck brachte.

"Nein", erwiderte Nestor erstaunt, während Ernst die Biere auf den Deckeln platzierte und Alois ihm den Abbeizer förmlich aus der Hand riss.

"Ah!", stieß er aus und schüttelte sich.

"Ich nehme ebenfalls ein Bier und etwas zu essen, bevor das Vakuum in meinem Magen noch größer wird und er implodiert. Was esst ihr, oder seid ihr bereits fertig?"

"Tagesessen", antwortete Hans und fügte hinzu: "Sauerbraten mit Knödel."

"Gut. Für mich dasselbe", sagte Nestor, und als Heinz sich bereits umwandte: "Ich habe ein Zimmer reserviert; für eine Übernachtung. Nestor Kleber."

"Meine Frau wird sich darum kümmern", erwiderte Ernst ungewöhnlich barsch, den Hans noch nie zuvor so unfreundlich erlebt hatte.

"Möchte bloß wissen ...", meinte Hans und sah ihm nach, bis Heinz an seinem Lieblingsplatz hinter der Theke angelangt war und dort, in Richtung Nestor nickend, mit seiner Frau sprach.

"Vielleicht geht ihm Wiegners Tod nahe?", spekulierte Alois. "Obwohl er über den Rummel eigentlich froh sein müsste, kurbelt doch sein Geschäft an."

"Jemand gestorben?", fragte Nestor mit gedämpfter Stimme und bekreuzigte sich, als fürchte er sich vor den Toten.

Hans nippte an seinem Bier. "Familiendrama", erklärte er und angelte mit der Zunge nach dem Schaum auf der Oberlippe. "Schrecklich ... fünf Tote!"

"Und er hat Hans sein Vermächtnis hinterlassen!", platzte es aus Alois heraus, wie die Luft aus einem zu stark aufgeblasenen Luftballon.

"Sei still!", zischte Hans gefährlich leise und ließ unauffällig seinen Blick über die Anwesenden schweifen. "Es ist Beweismaterial, das wir widerrechtlich zurückhalten."

Nestor zog die Augenbrauen nach oben. "Könnte mich vielleicht jemand aufklären?"

"Wiegner", erklärte Hans flüsternd und beugte sich zu Nestor hinüber, bis er fast dessen Ohr berührte, "der vergangene Nacht sehr wahrscheinlich seine ganze Familie ermordet hat, beliebtet mir ein Paket zukommen zu lassen."

"Und?", fragte Nestor neugierig geworden und verstummte abrupt, weil Else die Essen servierte. "Guten Appetit, und Ihr Zimmer, Herr Kleber, ist fertig."

Nestor bedankte sich, wartete, bis sie in der Küche verschwunden war, und wiederholte seine Frage: "Und?"

Hans zuckte mit den Schultern. "Nichts und …"

"Es liegt ungeöffnet auf dem Schreibtisch und …", Alois tippte sich an den Kopf, "er muss verrückt sein, der Herr Autor. Da spielt ihm der Zufall die Story des Jahres in die Hände und er", dabei deutete er mit dem Messer auf Hans, "legt es achtlos beiseite, wie einen Werbebrief. Kannst du das verstehen?", fragte er Nestor und trieb seine Gabel bis zum Ansatz in den unschuldigen Knödel.

"Vorfreude ist ja bekanntlich die schönste Freude", antwortete Nestor ausweichend zwischen zwei Bissen, fing ungewollt die im Raum wie böse Träume umher schwirrenden Satzfetzen des Tätowierten auf, der Wiegner als haltlosen Trinker abstempelte, der sich bei entsprechendem Alkoholpegel nicht mehr unter Kontrolle hatte, und als er dem Sprecher den Kopf zudrehte, bemerkte er, dass Heinz kurz davor stand, seine Beherrschung zu verlieren und nur die angeborene Höflichkeit ihn zum Schweigen ermahnte, bevor er den Mund aufmachen konnte.

"Wielange bleibst du?", fragte Hans, einerseits wegen seiner Planung und zweitens, um das Thema zu wechseln. Gewohnheitsmäßig schob er die Soße mit dem letzten Stück Knödel in der Mitte des Tellers zusammen.

"Bis morgen Mittag", antwortete Nestor und lehnte den Oberkörper zurück, weil Heinz mit gekonnter Lässigkeit dessen Bier brachte und mit einem 'Wohl bekomm`s' auf dem Deckel abstellte.

"Wann musst du heute los?"

"Der Bus in Naumburg fährt um fünf ab, das heißt", sagte er mit einem kurzen Blick auf die Uhr, "spätestens um vier muss ich los."

"Ich fahr dich natürlich."

"Ich komme schon alleine zurecht. Außerdem hast du Besuch. Was macht dein anderes Projekt?", wollte Nestor wissen.

"Lenk nicht ab!", protestierte Hans und setzte ein verärgertes Gesicht auf. "Über uns? Liegt auf Eis. Das Manuskript ist – wie soll ich sagen, nicht griffig genug und ...", Hans schien zu überlegen, wie er es ihm besser erklären könnte. "Es fehlt etwas, aber frage mich nicht was."

"Zu persönlich?", rätselte Nestor und trank in langen Zügen sein Bier.

"Möglich ... Und du? Jetzt lass dir nicht jedes Wort einzeln aus der Nase ziehen. Am Telefon schweigst du dich ja beharrlich aus. Deine Anrufe erinnern an Briefe von Kindern aus den Ferien: Mir geht es gut und dir? Haben schönes Wetter. Melde mich bald wieder. Liebe Grüße, dein an dich denkender ... Was ist mit Katrin, deinem Puppentheater?"

Nestor musste Lachen und setzte ein fröhliches Gesicht auf. "Wo soll ich anfangen? Wie viel Zeit habt ihr?", fragte er scherzhaft und bestellte ein weiteres Bier.

"Das Theater", begann er, sein leeres Glas drehend, und fuhr dann wie im Selbstgespräch, tief in Erinnerungen verstrickt fort, "diese Scheune", dabei schüttelte er unwillkürlich den Kopf, "seit Jahren unbenutzt und dementsprechend war ihr Zustand. Katrin wollte mir das alte Gemäuer, als wir auf meine Pläne zu sprechen kamen, sofort zeigen, und so sind wir bei Anbruch der Dunkelheit noch los, bei Nacht und Nebel, wie der Volksmund sagt. Plötzlich – nie werde ich dieses Bild vergessen – blieb Katrin stehen und flüsterte mir die Namen der Sterne ins Ohr, die nacheinander über uns wie Blüten aufgingen. "Dort hinten", meinte sie ebenso unvermittelt und zeigte auf einen schwarzen Schatten, der sich kaum vom nächtlichen Horizont abhob und wie ein Webfehler im Gespinst der Realität wirkte. Das Innere war in mehrere Räume aufgeteilt, als ob früher bereits jemand das Gebäude als Wohnraum benutzt hätte. Düstere tote Räume, das war mein erster Gedanke, als ich die vermoderten Möbel, die vor Rost und Staub starrenden landwirtschaftlichen Geräte betrachtete, und der zweite Gedanke: Hier wird nie wieder Leben einziehen. Was für ein bedrückender Ort!", stieß Nestor aus und sah zwischen Hans und Alois hindurch auf einen imaginären Punkt an der Wand.

Mittlerweile hatte sich der 'Ochsen' gut gefüllt. Fast sämtliche Tische waren besetzt und bei Ernst an der Theke drängten sich die Reporter und brachten mit jeder weiteren Runde Bier neue Vermutungen hervor, weshalb ein unbescholtener Mann und fürsorglicher Familienvater praktisch über Nacht zum Killer werden konnte. Am Tisch neben ihnen saß das Team von NM-TV, das schweigsam aß und nur ab und zu ein Wort wechselte, das vorwiegend dem abendlichen Bericht galt. Heinz zapfte Bier um Bier, und als auch noch der alte Gruber mitsamt Sohn an die Theke drängte und auf seinen Platz pochte, schwoll ihm die Halsschlagader dermaßen an, dass Manfred seinen Vater am Arm packte und mit ihm auf einen der letzten freien Plätze zusteuerte. "Lass mal, Vater. Der Ärger lohnt doch nicht. Spätestens morgen sind die fort und dann gehört der 'Ochsen' wieder uns," redete Manfred auf seinen betagten Vater ein, der sich schließlich beruhigte und die Aasfresser, wie er die Sensationsreporter der Schundblättchen betitelte, die selbst den Toten jede Achtung gegenüber vermissen ließen, mit einem verächtlichen Blick bedachte. "Dass es mit dem kein gutes Ende nimmt, das habe ich ihm angesehen", behauptete der alte Gruber und pochte mit den Fingerknochen auf den Tisch. "Bei dem hatte ich immer ein komisches Gefühl", fügte er hinzu und schimpfte weiter wie ein Rohrspatz, über die Presse, den Krach und überhaupt: Warum muss dieser Reingeschmeckte ausgerechnet hier seine Familie umbringen, hätte er das nicht woanders tun können? Alois bestellte trotz Protest von Nestor eine Runde Abbeizer, als Else die Teller abräumte: "Waren Sie zufrieden?", fragte sie obligatorisch, deutete ein Lächeln an und hastete davon, ohne die Antwort abzuwarten.

"Aber ich sollte mich gründlich irren", erzählte Nestor weiter. "Katrin war so begeistert von ihrer

Idee, dass sie nicht nur mich damit infizierte, sondern zahllose Freiwillige mobilisierte, die sie aus den verschiedensten Organisationen kannte, in denen sie selbst sein Jahren tätig ist. Und – ob ihr es glaubt oder nicht – innerhalb von drei Monaten war aus diesem baufälligen Gemäuer tatsächlich so etwas wie ein Theater geworden. Hier", sagte er und zog seine Brieftasche hervor. Hans und Alois betrachteten die Bilder, auf denen ein weiß gestrichenes Holzgebäude mit solidem Betonsockel und dem für Scheunen üblichen riesigen Torflügeln zu sehen war; die Bühne, verschiedene Dekorationen und die Ständer für die Marionetten. Zwei Fotos deuteten die wahren Ausmaße des Theaters an, die zahllosen Stuhlreihen und links, abgetrennt durch eine Bretterwand, Nestors Werkstatt, in der er seine Seminare abhielt, interessierten Besuchern die Herstellung und Handhabung der Marionetten vermittelte.

"Ich bin überwältigt", sagte Hans beeindruckt und reichte die Bilder an Alois weiter.

"Ist ja ein richtiges Schmuckstück", meinte Alois, als Nestor ihn unterbrach, und in seiner Stimme schwang unüberhörbar der Stolz über das Erreichte mit. "Seit April bietet die Volkshochschule zwei Kurse bei mir an, dazu die privaten Seminare und sechs Vorstellungen die Woche. Es läuft gut, würde ich sagen."

Heinz brachte die Runde und eilte sofort wieder davon, weil der Verantwortliche von NM-TV wissen wollte, ob es hier ein Faxgerät gebe.

"Und meine Katrin", meinte Nestor und schwelgte in Erinnerungen. Dabei begannen seine Augen wie zwei Sterne an einem nachtklaren Himmel zu funkeln, "ist für mich ein Geschenk des Himmels." Er kam ins Schwärmen, erzählte, wie sie eine Blume in ihm zum Erblühen gebracht hatte. "Und jeden Tag, wenn sie ein weiteres Blütenblatt zur Entfaltung bringt, liebe ich sie mehr. Abends, wenn wir zusammensitzen oder über die Felder spazieren gehen, dem unermüdlichen Gequake der Frösche rings um die Tümpel lauschen, ihrem Mondlichtorchester, das Balladen von fernen Tagen erzählt, als der Himmel noch so nah war, dass die Menschen auf Götter trafen, dann halten wir Händchen wie frisch verliebte Teenager, hüpfen ausgelassen über die moosbewachsenen Pfade und können unser Glück noch immer nicht begreifen. Es ist wie ein Wunder, fast unwirklich, aber wahr. Und zuweilen, wenn ich nachmittags in der Werkstatt an meinen Marionetten arbeite, komme ich mir vor wie außerhalb der Zeit, als kreisten wir beide wie Gespenster durch einen wundervollen Traum, der bis in alle Ewigkeit fortdauern würde, sofern keiner von uns erwacht und damit sein feines Gespinst zerstört."

In Gedanken tanzte er mit ihr – wie letzten Samstag beim Fischerfest – in immer schneller werdenden Drehungen über das hölzerne Podest. Der Schatten der Umstehenden, die mit den Füßen den Takt stampften, verdunkelte den Tag und die Flügel eines Mondfalters wisperten leise von der Sterblichkeit des Menschen, dass sie nicht tot waren, nur aus dem gewohnten Leben verschwanden, und plötzlich fühlte Nestor sich befreit, und die Musik, das Stampfen der Füße, trug ihn und seine Katrin, die er zärtlich in seinen Armen hielt, höher und höher, bis in den Himmel hinauf, dorthin, wo der Tanz des Daseins nie endet.

"Ich freue mich für dich und natürlich unbekannterweise für deine Katrin", unterbrach ihn Hans, der schmunzelnd zusah, wie Nestor immer tiefer in seinen inneren Bildern versank, mehr bei seiner Katrin verweilte als hier, und er musste dabei an das Haus in den Dünen denken, das er vor Jahren mit Petra, in ihrem letzten gemeinsamen Urlaub, gefunden hatte und von dem nur noch das Dach zu sehen war und wo jetzt Sandwürmer goldene Tunnel durch die verlassenen Flure und Zimmer trieben.

"Wie?", brummte Nestor und schreckte aus seiner Trance auf. "Was hast du gesagt? Entschuldige", fügte er verlegen hinzu, "aber Katrin … ich …" Er seufzte tief und lang anhaltend, und mehr Erklärung bedurfte es für sie nicht.

Im Raum wurde es laut. Das reichlich genossene Bier entfaltete allmählich seine Wirkung, und trotz der beschwichtigenden Worte jener Gruppe, die, weil sie fahren musste, zwangsläufig zur Enthaltsamkeit verurteilt war, stieg der Geräuschpegel in für den 'Ochsen' ungewohnte Höhen. Zwei Reporter hatten sich zum alten Gruber an den Tisch gesetzt, luden ihn zu ein, zwei Bieren ein und befragten ihn zu Wiegner, dessen Familie und wie die Nachtkirchener Bevölkerung darüber dachte. "Vor drei Monaten erst der Mord an diesem Homosexuellen ... Seewald ... Seebald oder so ähnlich, der ja ebenfalls noch nicht aufgeklärt ist und jetzt dieses schreckliche Familiendrama?" Ob er denn da nicht einen Zusammenhang vermute, wurde er gefragt, worauf der alte Gruber ruhig, ohne jede Erregung über das Interesse an seiner Person, antwortete: Dass es mit dem kein gutes Ende nimmt, das habe ich ihm angesehen. Bei dem hatte ich immer ein komisches Gefühl.

"Wie geht es dir, Alois?", brüllte Nestor und warf einen besorgten Blick auf seinen Koffer.

"Ich bin ein Stehaufmännchen", erwiderte der grinsend und kippte Helens Scheidungswunsch, die Einsamkeit ihrer Wohnung, die Selbstzweifel, nicht nur in Bezug auf seine Theorie, mit dem vierten oder fünften Abbeizer hinunter.

"Wenn ich dir helfen kann ...", bot Nestor ihm an und als Alois kommentarlos abwinkte breitete sich für Minuten Schweigen zwischen ihnen aus; Erinnerungen an die Katastrophe in den Bergen flimmerten über ihre persönlichen Leinwände. Sybilles Beerdigung und Nestor, der schon bald zu seiner Katrin abschweifte, ihrem Wiedersehen und dem überraschten Ausdruck in ihrem noch immer jugendlichen Gesicht, dachte Hans über Wiegner, das Paket und zuletzt über Alois nach, der wie Nestor in einer Art Traumwelt lebte, allerdings führte aus seiner nur selten ein Weg in die Realität zurück. Die Kindheit geprägt von einer zur Liebe unfähigen Mutter und der Gewalt im Erziehungsheim, in das sie ihn abschob, weil seine Erziehung sie überforderte. Das alles warf ihn auf sich selbst zurück. Er türmte Schutzmauern um sein verletztes Ich auf und diese tiefe Traurigkeit, der Grundton seiner Existenz, hatten sich in den darauffolgenden Jahren bis zu den Selbstzweifeln gesteigert, die jetzt sein Ich aushöhlten und ihn in die Selbstzerstörung trieben.

"Darf ich mich vorstellen", sagte der Reporter von NM-TV und legte die Arme kameradschaftlich um Alois und Nestor, "Sven Bötge von NM-TV." Dabei blickte er sie der Reihe nach aus kleinen, listigen Augen an, lächelte sein einstudiertes Lächeln. "Kannte einer von Ihnen diesen Ernst Wiegner?"

Alois und Nestor verneinten im Chor, und so blieb sein Blick auf Hans hängen. "Und Sie?", hakte er nach und gab seinem Team mit einem Zeichen zu verstehen, dass hier möglicherweise auf den letzten Drücker noch etwas in Erfahrung zu bringen sei. Bötge, mittelgroß, weiches braunes Haar, ovales Gesicht und etwas abstehende Ohren, galt bis vor wenigen Jahren als das Nachwuchstalent bei den privaten Fernsehsendern. Bekannt geworden war er mit 'Forum Deutschland', wo er zweimal in der Woche Missstände in deutschen Unternehmen aufgedeckt und mit den Verantwortlichen diskutiert hatte. Der Erfolg der Sendung katapultierte ihn in knapp drei Jahren auf den besten Sendeplatz der Woche, eine Samstagabendshow, in der mehrere Kandidaten für einen guten Zweck die abenteuerlichsten Spiele überstehen mussten. Das Konzept erinnerte ein wenig an die siebziger-Jahre-Shows, besonders an Hans Rosenthals 'Dalli Dalli', wirkte teilweise auch wie entstaubt, doch der Erfolg gab Bötge recht. Nach fünf erfolgreichen Jahren war er zu den öffentlich-rechtlichen Sendern gewechselt und hatte Schiffbruch erlitten. Kein gezielter Torpedotreffer, der ihn auf der Stelle Leck schlug und binnen Stunden auf den Grund des Meeres sinken ließ, sondern ein langsames Volllaufen des Rumpfes, dessen Untergang er mit seinem Wechsel zu NM-TV zuvorgekommen war.

"Kannten Sie Ernst Wiegner, seine Familie?"

"Nein", antwortete Hans ruhig und erwiderte ohne jede Erregung, mit fast gleichgültiger Miene den Blick des Reporters. "Nur vom Sehen."

Auf Bötiges Gesicht machte sie Enttäuschung breit, doch so schnell wollte er nicht aufgeben. "Es gibt Stimmen, die behaupten, dass es mit ihm so kommen musste", zitierte er den alten Gruber, obwohl er wusste, dass er mit einem rostigen Geschütz auf einen modernen Panzer feuerte. "Können Sie mir darüber vielleicht etwas sagen?"

Hans schüttelte nur den Kopf. "Es tut mir leid, aber ich bin nicht der Richtige für sie."

"Für mich wird es Zeit", sagte Nestor mit einem Blick auf die Uhr. "Duschen, umziehen und bis ich in Halle bin ..."

"Ich kann dich fahren", bot Hans an, während Bötge grußlos abzog, sein Team einpackte und in den Sender zurückfuhr.

"Keine Umstände, Hans. Ich habe meine Fahrkarte. Bevor ich es vergesse. Wie geht es Eris?"

"Gut. Ist bis morgen auf Fortbildung", antwortete Hans. "Und es macht mir wirklich nichts aus, dich zu kutschieren."

"Wir sehen uns morgen früh, Hans. Bei dir, zum Frühstück?"

"Ok", meinte Hans leise und brachte damit seine Enttäuschung über ihr nur kurzes Wiedersehen zum Ausdruck. Er folgte Nestor mit den Blicken, sah, wie er, im Schlepptau von Else den Koffer wie einen Sack Mehl schleppend, im hinteren Teil des Hauses verschwand, diesem verwinkelten, fast labyrinthischen Anbau, der über niedere Flure und endlose Gänge zu den Zimmern führte. "Wir hatten schon Gäste", erzählte Else ihm und zog dabei schalkhaft die rechte Augenbraue hoch, "die Schnüre spannten oder Brotkrumen auf dem Boden ausstreuten."

"Gehen wir?"

"Ich bleibe noch ein halbes Stündchen und lausche den Spekulationen", meinte Alois, und seine Antwort war eine Lüge, aber manchmal, so dachte er, muss man eben lügen, besonders wenn man den eigenen Wünschen machtlos gegenüber steht.

Fünf

Die Stille wurde unwirklich. Selbst das Haus vermied jedes Geräusch, als Hans aus der Dusche stieg, sich abtrocknete, den Bademantel überwarf, den er in einem Hotel, dessen Namen ihm längst entfallen war, hatte mitgehen lassen und der ihm bis zu den Knöcheln reichte. Im Kühlschrank fand er ein letztes Bier, köpfte die Flasche, indem er den Kronkorken an der Tischkante abschlug und wanderte ziellos durch das Haus. Seit er sich von Petra getrennt und hier in Nachtkirchen geblieben war, hatte er sich nicht so einsam gefühlt wie seit dem Augenblick, als er aus dem überfüllten 'Ochsen' auf die Straße getreten war. 'Dort fing es an', dachte er, 'und seither weiß ich nicht, wohin mit mir.'

Zuerst war er ein wenig umhergeschlendert, in den Seitenstraßen, die bis auf den letzten freien Platz zugeparkt waren. Hin und wieder waren hinter Laubwerk, den hölzernen Palisaden, Geräusche oder Stimmen zu hören; leise, kaum mehr als ein Gebirgsbach im munteren Plätschern erzeugt. In der Ferne zog ein Bussard einsam seine Kreise am Himmel, lautlos, die Beute fest im Visier und bereit, herabzustürzen, wenn sich die Gelegenheit bot. Irgendwann fand er sich außerhalb des Ortes, beschattete die Augen mit der Hand und blinzelte über die Felder. Kirstens Hof flimmerte in der Sonne, dessen Augenlider die nächtlichen Sterne für immer niedergedrückt hatten, die er so liebte und bis in seine letzten Tage hinein, wie in frühesten Kindertagen, bestaunte. Links davon, das Feldkreuz, wo er Wiegner begegnet war, und Hans dachte: 'Jetzt bin nur ich übrig geblieben, kaum mehr als ein Traum, ein flüchtiger Windhauch, der über das Land irrt, dessen Muster und Bewohner sich schneller aufribbeln als die Erinnerung sie wieder zusammenstricken kann. So vieles ist bereits vergangen – wie Schatten in der Nacht.'

Plötzlich stand er in seiner Straße. Kretzschmar döste in der Sonne, das Gesicht unter der Zeitung vergraben, und als er die Tür aufschloss wanderte sein Blick hinüber zu Wiegners Haus. Rot-weiße Absperrbänder hingen schlaff in der mittäglichen Sonne, und plötzlich hörte er in der Erinnerung Wiegners Kinder Abzählreime aufsagen: 'Ringel, Rangel, Rose, Butter in der Dose, Butter zu dem Speck und du bist weg'. Ein verwaister Streifenwagen stand noch vor dem Haus. Von Osten zog eine dunkle Wolkenwand heran.

Jetzt saß er am Schreibtisch, betrachtete abwechselnd das Vorkor Manuskript und Wiegners Paket, dann flatterten seine Gedanken wieder hinüber in den 'Ochsen', zu Nestor und der Frage, ob er ihn nicht einfach überrumpeln und mit dem Wagen abholen sollte, dann zu Alois, der einmal mehr seinen Kummer zu ertränken suchte.

Hans klappte das Notebook auf und verfolgte die Meldungen des Rechners, die er in der Taktfrequenz seines Herzens wie unverdautes Essen ausspuckte und Hans herausfordernd den leeren, lediglich mit einigen Symbolen geschmückten Bildschirm präsentierte, als wolle er ihn damit bewusst ködern. Die Augen zu Schlitzen verengt, scrollte er den Bildschirm bis zu der Stelle, wo Vorkor mit blank gezogener Klinge an der Tür auf weitere Befehle wartete.

Das Geräusch war verstummt. Stille herrschte hier wie dort, einzig ihrer beider Atemzüge sorgten in der bedrückenden Atmosphäre für Unruhe. 'Die Polizei könnte hinter der Tür in Stellung gegangen sein', überlegte Hans und strich nachdenklich mit den Fingerspitzen über die Tasten. 'Im Haus könnte ein Feuer ausbrechen, wie das im Kamin in der Berghütte, das soviel Wärme produzierte, um die Balken der Wände wie dürres Geäst Knacken zu lassen.

Draußen zuckte ein erster Blitz über den Himmel; Hans zählte in Gedanken bis acht, dann zerteilte der Donnerschlag die vielfältige Stille. Erfreut über die unverhoffte Ablenkung wechselte er den Platz und sah die ersten Tropfen wie Geschosse auf die Straße niederprasseln und sie binnen Sekunden schwarz färben. Sieger stürmte wie von der Tarantel gestochen ins Haus und überließ seiner Frau die Aufräumarbeiten, ehe sie, völlig durchnässt, von ihm an der Terrassentür mit einem Handtuch in Empfang genommen und zärtlich auf die Nase geküsst wurde.

Der Himmel öffnete sämtliche Schleusentore und der Regen klatschte gegen das Fenster wie die Brandung des Ozeans an die vorgelagerten Felsen der Küste Irlands. Blitze brachten für Bruchteile von Sekunden den Tag zurück, bevor der Donner die beredte Stille zerriss. Hans betrachtete die zufälligen Muster des am Fenster herabrinnenden Regens, dachte an die Fälle von Unwohlsein im letzten Sommer, und auch daran, dass sie praktisch über Nacht, mit der Trennung von Petra, geendet hatten. 'Gerät mein Gleichgewicht erneut aus den Fugen?', fragte er sich und sein Blick irrte über Wiegners Paket zum Notebook. 'Muss ich nur die Arbeit an dem Roman beenden, indem ich meinen Verleger anrufe und ihm erkläre, dass die Vorkor Reihe keine Fortsetzung erfahren würde, weil sie für mich wie ausgekochtes Fleisch ist, das trotz aller Bemühungen der Köche, nicht mehr für eine gute Brühe taugt?'

Der Regen ließ nach und gab die Sicht auf die Straße wieder frei, wo das Wasser sturzbachartig in Richtung der Kandeln schoss und dort gurgelnd in die Tiefe stürzte. Die Enkel vom alten Kretschmar hüpften barfuß in den kleinen Seen, die sich mitten auf der Straße gebildet hatten, schrien und lachten, tobten ausgelassen, bis Kretschmars Frau gestikulierend aus dem Haus gerannt kam, sie an den Armen packte und wie zwei nasse Säcke hinter sich ins Haus schleifte.

'Die Liebe war fort', murmelte Hans im Geiste jene Worte, die er Vorkor im ersten Band in den Mund gelegt hatte, und die auferstanden waren, um ihm das Ende seiner Beziehung zu Petra ins Bewusstsein zu rücken. Jetzt bedrängten sie ihn erneut, und als hätte die Vorsehung andere Pläne mit ihm wanderte sein Blick hinüber zu dem Paket. 'Die Liebe zu Vorkor oder …', fuhr er zu seinem Erstaunen seltsam gelassen fort, 'zu meiner Arbeit? Flüchte ich vor der Realität wie Mondkinder vor dem Tageslicht? Und ist Vorkor am Ende nicht der wahre eiserne Käfig, unerbittlicher als es das übrige Leben je sein könnte? Unentrinnbar mit mir verflochten, wie die verborgenen Seiten meiner Seele? Bin ich ein Opfer des Schattens, den Vorkor in seinem Todeskampf heraufbeschwört, als Rache für seinen lautlosen Untergang? 'Meine Liebe liegt zertrümmert, wie tot in der Erde, umkränzt von welken Blumen', habe ich Vorkor einst am Grab der Geliebten ausrufen lassen und in jener Nacht, als ihm sein weiteres Schicksal in seiner ganzen Tragweite zu Bewusstsein gelangte, erstarb in ihm die Fähigkeit, zu empfinden. Nichts anderes sollte mit diesen Worten zum Ausdruck gebracht werden.'

Der Tag kehrte zurück, überschwemmte graublau den Raum, und als in den Bäumen die Vögel wieder ihre Lieder sangen, führte Hans sein Selbstgespräch fort und auf seiner inneren Leinwand flimmerten die Bilder der letzten Stunden wie ein Film ab, der weder Handlung besaß noch seine tieferen Beweggründe offenbarte.

"Wenn ich nur wüsste", seufzte er, "wohin das Leben mich führt. Aber was ist es mehr als eine Reihe von unvollständigen Episoden, halbherzigen Gedanken und flüchtigen Gefühlen, lose zusammengehalten von der Erinnerung, die wir als die unsere bezeichnen, weil wir ohne sie nichts sind", sinnierte Hans, bis seine Worte mit einem schwermütigen Raunen ausklangen.

Wie der letzte Streifenwagen, so verschwanden die Erinnerungen an Vorkor und die Belastung, die er in zunehmendem Maße darstellte, wie das Wasser auf der Straße, in unterirdischen Kanälen, und niemand wusste genau zu bestimmen, wie viel Zeit verging, bevor es wieder an die Oberfläche drängte. Wie Ragtimefinger tanzten seine Finger geisterhaft über die Tasten, spielten mit den Farben, der Stimmung in Vorkors näherer Umgebung, bis die Melodie erstarb und in die Stille flüchtete.
'Wiegner!'
Behutsam nahm er das Paket in die Hand, schüttelte es vorsichtig, sperrte dabei den Mund auf, obgleich er das stets als ungebildet brandmarkte, und als keine Detonation erfolgte, klappte er ihn wieder zu. Mit wenigen Handgriffen entfernte er das mit braunem Klebeband befestigte Packpapier und öffnete den neutralen Karton. Sein Blick fiel auf bunte Ringordner, lose Blätter und eine größere Anzahl blauer Schulhefte. Umständlich entfaltete Hans das oberste Blatt und las: 'Sehr geehrter Herr Kümmelkorn, mit diesem Schreiben spreche ich zu Ihnen von Autor zu Autor, und obwohl wir bisher nur selten das Vergnügen zu einem Gespräch hatten,

möchte ich Sie zum Herausgeber meiner Schriften bestimmen. Vermutlich sind Sie jetzt über mein Ansinnen verwundert, trotzdem halte ich Sie für die geeignete Person. Anbei auch meine Autobiografie, die 'Nachtkirchener Betrachtungen', die mit dem heutigen Tag endet. Ich stelle es Ihnen anheim, sie nach Belieben um die durch meinen Tod ausgelösten Ereignisse zu ergänzen. Wie Sie die Schriften veröffentlichen, in welcher Reihenfolge, bleibt ebenfalls Ihrer persönlichen Entscheidung überlassen.'

Hans überflog den Rest. Wiegner sprach von der Hetzjagd bezüglich seiner Person, ohne den Grund dafür anzugeben, und dass es für ihn nur ein Entkommen gebe, den Tod. 'Seit Jahren', schrieb er in schnörkelloser Schrift, die wie die Gezeiten hin und her wogte und Hans seine innere Zerrissenheit offenbarte, 'schleppe ich diesen Entschluss wie einen Mühlstein und trotzdem habe ich die Tat aus der mir innewohnenden Schwäche heraus stets verschoben. Jetzt allerdings darf ich nicht länger zögern, nachdem die Kunde von meiner Verfehlung mich auch in Nachtkirchen eingeholt hat – sie wissen alle Bescheid –, reden hinter meinem Rücken und deuten mit den Fingern auf mich und meine Familie. Nun endlich muss ich zur Tat schreiten! Meine Familie, das ist das Schwerste', schüttete Wieger ihm sein Herz aus, wobei das Wort 'Schwerste' doppelt unterstrichen war. Abschließend folgte eine Art Chronologie seiner Schriften: Lyrik, zusammengefasst in mehreren Rubriken, bezeichnet mit den Jahreszahlen ihrer Niederschrift und möglichen Titelvorschlägen. Der Brief endete: 'Ich versichere Ihnen meine Hochachtung und sprechen Ihnen zugleich meinen Dank darüber aus, dass Sie trotz der von mir aufgebürdeten Mühen meinem Werk zu dem ihm zustehenden Ruhm verhelfen werden. Mit wehmütigem Gruß, Ernst Wiegner. PS: 'Wie Sie mit der Information bezüglich der Ermordung von Herrn Seebald verfahren, stelle ich Ihrem Gewissen anheim.' Ein kalter Schauer ließ ihn erzittern. Verwirrt und neugierig zugleich legte Hans den Brief beiseite, öffnete ein Ringbuch, das mit 'Nachtkirchener Betrachtungen' beschriftet war und mittig darunter in der nächsten Zeile: 'Teil 1'.

'Mein Arm ist schwach', begannen seine in Tagebuchform geschriebenen Aufzeichnungen, 'der Kopf wirr, uns es ist wie immer; ich werde es nicht tun. Ich bin nichts und wie kann das Leben vor mir eine solche Tat fordern? Meine Familie soll ich töten' Mein eigen Fleisch und Blut, und zuletzt muss ich mich selbst hinrichten. In diesen Stunden, wenn ich meinem Tagebuch mein Schicksal klagte, begann ich oft vor Einsamkeit zu träumen, von Ruhm und den damit einhergehenden Annehmlichkeiten. Der Traum zeigte mir in Form der Zahl 41 mein Alter und im Anschluss daran, zwischen Wachen und Träumen, erblickte ich den Mann mit fahler Gesichtsfarbe und hohlen Augen, der mir meinen baldigen Tod verkündete.' Neugierig blätterte Hans ein, zwei Seiten um, las Passagen quer, bis er erneut auf das Wort Traum stieß, wobei das Wort eine Eigenart von Wiegner, um für ihn bedeutsame Stellen im Text hervorzuheben – doppelt unterstrichen war.

'Das bleiche Sonnenlicht erhellte die lilafarbenen Konturen dieses merkwürdigen Horizontes. Vor mir, am Rande einer kleinen Schonung, schlängelten sich grässliche Reptilien, züngelten, nahmen Witterung auf, und je näher sie mir kamen, desto mehr gewannen diese Schöpfungen Form, wobei sie die ihre veränderten. Drei Mal streiften sie ihre Haut ab, dann waren die Gespenster heran, richteten sich mit der ungeheuren Masse ihrer Körper auf, hoben die krallenbewehrten Tatzen drohend in den milchigen Himmel. Ihr Atem raubte mir die Luft, ließ das Gras zu meinen Füßen verdorren, und plötzlich ertönte ein Trommelwirbel, Schlachtrufe, die Tatzen fielen herab, als wolle der Schöpfer mit einem gewaltigen Streich sein Werk zerstören … dabei traf es nur mich. Schweißgebadet erwachte ich; das Hemd durchnässt wie nach einem Regenguss, und der erste, von Furcht geprägte Blick galt meiner Frau, die ruhig schlief, von meinen Ängsten unbehelligt.' Wie elektrisiert saß Hans über das Heft gebeugt, blätterte mit fahrigen Fingern weiter.

'Kummer ist wie ein hilfsbereiter Dämon, der mich mit klaren Gedanken überhäuft und mich in tiefste Gefühle stürzt, bevor er mich mit Entsetzen nährt. So könnte ich mein armseliges Dasein umschreiben, das, wie gesagt, vor 41 Jahren begann, Kierkegaard hatte Recht, das Leben als Krankheit zum Tode zu bezeichnen. Siechtum vom ersten Schrei an. Den Vater, ein Schuhmacher mit kleinem Ladengeschäft in Naumburg, habe ich kaum gekannt; er starb als ich vier Jahre alt war. Und was ich von ihm hörte, zuerst durch meine Mutter, später von den Nachbarn, entwarf kein gutes Bild von ihm. Eingebildet soll er gewesen sein, unzufrieden mit seinem Leben, das auch der Alkohol nicht zu verbessern wusste.

Das Geschäft wurde verkauft. Mutter fand Arbeit in der Fabrik, den 'Schöpfner Werken'. Neun Stunden täglich, und trotzdem reichte das Geld kaum für das Nötigste, weil Schöpfner Hungerlöhne bezahlte, Ausschuss widerrechtlich vom Lohn abzog und jeden Protest im Keim erstickte, indem er diese 'rebellischen Subjekte', wie er diese, in seinen Augen undankbaren, Geschöpfe, bezeichnete, ebenso schnell auf die Straße setzte wie Hundebesitzer ihre räudigen Köter, deren sie überdrüssig geworden sind.

Tagsüber saß ich alleine zu Hause, was mir im Grunde ganz recht war, hockte über den Büchern, lernte und machte mir bereits in der Kindheit Gedanken über meine Zukunft. So wollte ich zuallererst Lokomotivführer werden, weil das für mich den Inbegriff der Freiheit darstelle. Oft kauerte ich auf den Schienen, bis sie derart vibrierten, das der Zug keine paar hundert Meter mehr entfernt sein konnte, und tatsächlich ertönte bereits der erste Pfiff, während ich mich aufrappelte und in Sicherheit brachte. Als nächstes erschien mir ein Leben wie Robin

Hood maßgerecht auf den Leib geschneidert, war ich doch nach Josef der Beste im Räuber und Gendarm Spiel. Damals – ich sah die Straße entlang, öffnete das Gartentor und lief gebückt in Richtung Haus. Der Garten war von der Sonne versengt und unwillkürlich musste ich jetzt daran denken, wie ich in meiner Kindheit erfahren hatte, dass die Erde früher ein heißer Ball wie die Sonne war, bevor sie abkühlte und Leben hervorbrachte. Ich folgte dem ausgetretenen Pfad, der um das Haus herum in den hinteren Teil des Grundstückes führte, vorbei an einem Wall von wild wuchernden Büschen. Hier, in der zugewachsenen Wirrnis, würde mich niemand entdecken, dachte ich und hielt respektvoll Abstand zu den Rosensträuchern, die größer waren als ich, rasiermesserscharfe Dornen besaßen und deren dürre, von der Sonne verkrümmte Blätter unter meinen Schritten knisterten. Das trockene Unkraut reichte mir bis zu den Waden und die Luft – ich erinnere mich genau – war durchsetzt von den Gerüchen des Sommers, Gewürzpflanzen und dunkler Erde. Einzig das aufgeregte Summen von zahllosen Bienen durchbrach die Stille. Die Wand des Hauses, von wildem Wein zugerankt, und selbst die Fenster waren kaum mehr als winzige Gucklöcher. Ich trat leise das Gestrüpp nieder, spähte in das Innere, einen Abstellraum, in dem sich verstaubte Kisten stapelten. An den Wänden hingen vergilbte Fotografien, Kalenderbilder verschiedener Jahreszeiten, und an der rückwärtigen Wand konnte ich eine weiß gestrichene Vitrine ausmachen, deren Türen halb offenstanden und den Blick auf Geschirr, Bücher und eine unbedeutende Sammlung von Zinkbechern freigab.

Behutsam schlich ich weiter, damit Josef, der heute die Rolle des Gendarmen spielen musste, vergeblich in den Garten spähte. Josef – dessen Großvater das Zimmergeschäft in der Hauptstraße besessen hatte; ein kränklicher alter Mann, der fünf Jahre in russischer Kriegsgefangenschaft überlebte. Abgemagert bis auf die Knochen sei er gewesen, pflegte seine Frau jedem zu erzählen und trotz aller Schicksalsschläge – er verlor seinen einzigen Sohn durch einen Unfall – brachte er den elterlichen Betrieb wieder in Schwung. Josef war damals elf – ein Jahr älter als ich – und natürlich setzte sein Großvater sämtliche Hoffnungen in seinen Enkel, dass dieser den Betrieb weiterführen und er so in Ruhe sterben könne. Josef erkannte früh das Potenzial, das in der Fabrikation von Aluminiumfenstern lag, stellte die Produktion um, investierte bis an die Grenzen seiner Kreditwürdigkeit in neue Maschinen und nach anfänglichen schweren Jahren, in denen er mehrmals haarscharf an der Insolvenz vorbei schrammte, setzten sich Haltbarkeit und die einfache Pflege der Fenster am Markt durch. Heute umfasst der Betrieb über tausend Mitarbeiter an fünf oder sechs Standorten im In- und Ausland. Josef entdeckte mich immer; er war ein richtiger Spürhund.

Zwei Fenster weiter sah ich die Frau und hielt unwillkürlich den Atem an. Splitternackt betrachtete sie ihren Körper im Spiegel, wiegte ihn im Takt zu einer stummen Melodie und bewunderte ihn mit schief gelegtem Kopf und verträumtem Blick. Ich spürte, wie etwas in meiner Hose größer wurde, tastete es durch den Stoff ab und genoss die wohligen Schauer, die meine Berührung auslöste. Ein Geräusch hinter mir, schreckte mich auf und plötzlich bekam ich es mit der Angst zu tun, stürzte auf die Straße hinaus und rannte, bis ich völlig außer Atem war. In diesem Augenblick wünschte ich mich auf einen Zug, der fortfuhr, mich in eine Stadt trug, wo niemand wusste, dass ich diese Frau heimlich beobachtet hatte.

Damals – geriet ich in die Fänge der Onanie', las Hans und sah auf, weil die Haustür scheppernd gegen die Wand schlug.

Keine Minute später steckte Alois den Kopf zur Tür herein und fragte: "Störe ich?"

"Natürlich nicht?", log Hans und begann sich unbehaglich zu fühlen, denn er räusperte sich und blickte zur Seite.

"Wollte dir nur Bescheid geben", sagte er mit vom Alkohol gezeichneter Stimme, "dass ich mit Nestor nach Halle fahre. Ich habe ihn nie spielen sehen. Hast du das gewusst?", fragte er und warf den Kopf in den Nacken. "Dann bis später … Hast du das Paket geöffnet?", wollte er plötzlich wissen, verharrte auf der Stelle und kratzte sich nachdenklich an der Stirn. "Der Reporter vom 'Neuen Blatt', hat behauptet, dieser Wiegner habe die Pistole bis zum Abzug in den Mund geschoben und peng! Muss alles voller Blut gewesen sein ... aber ich muss los. Nestor wartet an der Haltestelle auf mich."

Hans verharrte untätig, bis die Haustür ging. Dann vertiefte er sich wieder in Wiegners Autobiografie.

'Täglich onanierte ich. Oft mehrmals, mit geschlossenen Augen, das Bild der nackten Frau im Geiste betrachtend. Im Sommer schloss ich mich in die Umkleidekabine im Freibad ein, bohrte Löcher in die dünnen Trennwände, beobachtete heimlich die Frauen und onanierte; stets darauf bedacht, jedes verräterische Geräusch zu vermeiden. So geriet der ganze sexuelle Bereich für mich ins Zwielicht, wurde zerrieben zwischen Beherrschung und zügelloser Wollust. 'Es ist Sünde', warnten mich die Gedanken, und das Fleisch widersetzte sich ihrem Diktat, bis ich nachgab, mich in das Unvermeidliche fügte. Damals hat der zerstörerische Kreislauf begonnen. Jetzt, im Nachhinein, sehe ich die Umstände klarer und weiß um die verborgenen Mechanismen, die oft als Schicksal bezeichnet werden.

Endgültig ins Sündige, Verbrecherische, wurde die Onanie durch meine Mutter gerückt, die mich eines abends dabei erwischte, wortlos bei den Haaren packte und mich, mit der Faust an Kopf und Körper züchtigend, ins Bad schleifte. Dort riss sie mir die Kleider vom Leibe, stieß mich unter die Dusche und übergoss meinen Körper mit kaltem Wasser. 'Dir werde ich zeigen", stieß sie vor Anstrengung keuchend hervor, das Gesicht gerötet und zur teuflischen Fratze verzerrt, "was mit Kindern geschieht, die selbst Hand an sich legen, der fleischlichen Lust wegen!" Aber sie konnte mir nicht das Versprechen abringen, es künftig zu unterlassen, geschweige denn das Eingeständnis, dass es mir Leide täte. Nachdem sie mit meinem Körper fertig war, blieb ich auf dem Boden liegen, rührte mich nicht vom Fleck, obwohl ich am liebsten in der Erde untergetaucht wäre, nur um der Schmach ihres strafenden Blickes zu entkommen. Aber es tat ihr leid. Später am Tag kam sie in mein Zimmer und sprach mit einer Stimme, die so sanft war wie der blutrote Schein der untergehenden Sonne draußen, dass sie extra für mich ein schönes Abendessen zubereitet habe.'

Das Bier, mittlerweile auf Zimmertemperatur erwärmt, schmeckte schal, irgendwie verstaubt, als hätten Wiegners Erinnerungen Einfluss auf das Jetzt. Hans schlug ein paar Seiten um, überlas Wiegners endlose Betrachtungen zu seinem starken Geschlechtstrieb, der zum Beherrschenden in seinem Leben werden sollte, wie nur eine von zahllosen Betrachtungen zu diesem Komplex bewies.

'Ich hielt in der Bewegung inne', hatte Wiegner wie unter Zwang notiert, seine Schrift über mehrere Seiten nahezu unleserlich und von seiner innerlichen Erregung, der Furcht vor dem für ihn Unausweichlichen, geprägt. 'Zweifach gejagt', hatte er irgendwo geschrieben, sagte Hans ein Gedanke, 'von meinem Trieb und den Menschen in meiner Umgebung'. Langsam, oft musste Hans ein Wort Buchstaben für Buchstaben entziffern, folgte er Wiegners Spuren. 'Verfluchte meinen ausgeprägten Geschlechtstrieb, der mich immer wieder zu anderen Frauen führte; heruntergekommenen Nutten, die sämtliche Wünsche widerstandslos erfüllten, nach Alkohol und Müll stanken, mich mit ihren fauligen Zähnen blöde angrinsten, solange ich ihre aufgeschwemmten Körper, die glucksten wie aufgedunsene Wasserleichen, bearbeitete und die angestaute Lust in ihre Gedärme schleuderte, um erschöpft, von dem Drang für wenige kostbare Stunden befreit, auf mein nacktes, erbärmliches Leben zurückgeworfen zu werden. 'Weshalb habe ich es ihr erzählt?', fluchte ich in den Stunden, Tagen danach und schalt mich angesichts meiner Verrücktheit einen verfluchten Narren. Noch heute sehe ich meine jämmerliche Gestalt vor mir, wie ich ungestüm an der Schublade meines Schreibtisches zerre, sie mit vor Wut fahrigen Bewegungen nach Aspirin durchwühle und vier, oder waren es fünf, Tabletten trocken und unzerkaut schlucke. Wie ein gehetztes Tier rannte ich im Zimmer auf und ab, schnappte wie ein Fisch auf dem Trockenen nach Luft und öffnete den Kragen, weil ich wie ein Schwein schwitzte. 'Fieber!', schoss es mir damals durch den Kopf, als bohre der Teufel höchstpersönlich den Gedanken wie einen Giftpfeil in meinen Kopf, 'konnte die Zeit auf merkwürdige Weise verstreichen lassen', und dabei hatte ich das Gefühl, als schwebten meine Gliedmaßen einzeln um mich herum. Die Hände, derart zu Fäusten geballt, dass die Knöchel weiß hervor traten, drohten mir, und der Mund, zwei dunkelrot geschminkte Lippen, verhöhnten mich und meine Schwäche, die mich zögern und die seit Jahren geplante Tat von einem Tag auf den nächsten verschieben ließ. 'Schwächling!', spotteten sie und entblößten anstelle von zwei Zahnreihen ein fauliges Gebiss, das mich an morsche, vom Wind zernagte Baumstämme erinnerte und dahinter – selbst jetzt graut mir vor dem Anblick – gähnte ein schwarzer Abgrund, ein dunkler Moloch, der mich zu verschlingen drohte.

Das Hemd klebte mir auf der Haut und plötzlich schien die Luft mit einer gummiartigen Substanz erfüllt, die jeden meiner Schritte zur unbeschreiblichen Mühsal machte. Und, einem inneren Impuls folgend, holte ich den Koffer vom Schrank, den ich dort bereits vor Weihnachten deponiert hatte – ein weiterer Beweis für mein Versagen, meine andauernde Lethargie – und knallte ihn auf den Schreibtisch.

'Wohin sollte ich flüchten?'

Vom Fieber geschwächt wankte ich zum Stuhl und sackte schwer, wie ein massiver Gegenstand, darauf nieder. Ich hörte – glaube ich – meine Frau im Nebenzimmer das Licht löschen, dann knarrte das Bett und wenige Herzschläge später herrschte Ruhe. Selbst aus dem Zimmer der Kinder drangen keine verdächtigen Geräusche herüber. Damals wischte ich mir den Schweiß von der Stirn, starrte hasserfüllt auf den Koffer und wandte betroffen den Blick ab.'

Hans klappte das Heft zu, legte es gedankenverloren zu dem übrigen Material und schloss die Augen. Er fühlte sich seltsam berührt von diesem ruhelosen Geist aus der Vergangenheit, wie außerhalb der Zeit, und erneut schien ihm das Leben als Traum, dessen Ablauf er hilflos ausgeliefert war, nur mit dem Unterschied, das jetzt Wiegner das Schwerefeld bildete, um das er wie ein Trabant kreiste. 'Wiegner', dachte Hans und einzelne Bildfetzen wirbelten auf, stiegen wie Raketen in den nächtlichen Himmel, zerplatzten und fielen auf ihn nieder wie Tropfen eines Regenbogens. Wiegner auf dem Weg zur Arbeit, ein vom Dasein gebeugter, vorzeitig gealterter Mann, mit dem Glanz eines frühen Todes in den Augen; in vertrauter Runde im 'Ochsen', ein sprudelnder, unter Druck hervorquellender Wortschwall, tödliche Geschosse, die ihr Gift in den von Hitze übersättigten Raum verspritzten. Altbekannte Phrasen, endlos wiedergekäut und durchsetzt vom Alkohol, den zu schnell getrunkenen Bieren, die in den Zuhörern kaum mehr ein Kopfschütteln auslösten, eher Verwunderung darüber, wie ein intelligenter Mensch zu derart verschrobenen Ansichten gelangen konnte.

Wiegner wirkte auf Hans wie ein überdrehtes Spielwerk, der, trotz des vom reichlich genossenen Alkohol getrübten Blicks, inwendig ein ganz anderes Spektakel verfolgte, als kratze die Wirklichkeit, wie ein Forscher bei einer antiken Schriftrolle, das Vordergründige ab, damit Älteres und für die Geschichte Bedeutenderes zum Vorschein komme.

"Pause!", sagte Hans, sah auf die Uhr und entschied sich für einen Spaziergang, der, so hoffte er, ihn auf andere Gedanken bringen würde.

Sechs

Am Rande des Totenwäldchens rückte Rainer Staffelt in sein Blickfeld, der im Vorbeifahren freundlich vom Rad grüßte. Er schien aus Baumstücken zu bestehen; seine Nase krumm wie ein Windflüchtiger, die Beine zäh wie das in der Erde verankerte Wurzelgeflecht und die Brauen knorrig, im Licht der Sonne schimmerten sie grün wie moosbewachsene Rinde. Der Bart silbern, um eine Spur dunkler als das widerspenstige Haupthaar, das jedem Haarschnitt trotzte und wie elektrisch geladen in sämtliche Himmelsrichtungen abstand. Wenn ein Fremder ihn sah, hielt er ihn für einen Tagedieb, ein Relikt früherer Zeiten, vielleicht sogar für einen Einfaltspinsel, weil seine Augen etwas zu eng beieinander standen, um Intelligenz auszudrücken und stattdessen den Eindruck vermittelten, dass ein Mensch mit solchem Gesicht kaum mehr als Stumpfsinn in seinen Gedanken ausbrüten konnte. Er gehörte nicht zu denen, die auf ihr Äußeres besonderen Wert legten, der Pfarrer Staffelt, der in Tübingen studiert und mehrere Jahre in Amerika und Italien gelebt hatte.

Jeden Tag, bei Wind und Wetter, fuhr er auf seinem klapprigen Fahrrad nach Naumburg ins Hospiz und betreute dort die Siechen, denen Gott täglich mehr die Lebenskraft entzog, betete gemeinsam mit ihnen, spendete Trost, indem er ihnen Geschichten erzählte, kleine Episoden aus seinem langen Leben, vermischt mit Stellen aus der Bibel. So konnte es vorkommen, dass Pfarrer Staffelt von Amerika schwärmte, dem unvergleichlichen Grand Canyon, dem nie schlafenden New York, und einen Satz später zu Füßen Jesus Christus saß und dessen Bergpredigt lauschte oder mit ihm nach Jerusalem einzog. Die Menschen dankten es ihm, drückten stumm seine Hände und in ihrem wässrigen Blick lag ebenso viel Ehrfurcht, als blickten sie auf den hölzernen Christus an der Wand, der wie sie selbst duldsam sein Kreuz trug.

In seinen freien Stunden, die er über den Sommer auf dem Balkon und im Winter am Kamin verbrachte, las er philosophische Schriften, zumeist im Original, oder er half Freunden, hütete gleichermaßen ihre Kinder und Hunde, wie seinen Augapfel, dem selbst jetzt im hohen Alter nichts entging. Seine Frau war bereits vor über zwanzig Jahren gestorben, und wenn Hans die Menschen im Dorf von ihr sprechen hörte, dann mit wenig Herzenswärme. Herrschsüchtig sei sie gewesen, sagten die Leute, sie habe ihren Mann, den herzensguten Pfarrer Staffelt, nur ausgenutzt und Zeit ihrer Ehe von oben herab behandelt und das nur, weil sie für ihren Vater, ein ehemaliges Mitglied des Bundestages und Duzfreund von Willy Brandt, immer die Prinzessin war, die er nach Strich und Faden verwöhnte, bis sie selbst daran glaubte und sich für etwas Besonderes hielt, das jeden Tag von Neuem erobert werden musste. Die Notleidenden bezeichnete sie als rückständiges, asoziales Pack, verglich sie mit den Zigeunern, von denen schließlich alles Böse ausgehe, denen es nur deshalb schlecht gehe, weil jeder von ihnen die Arbeit scheue wie der Teufel das Weihwasser. Sie lebte in ihrer eigenen Welt, umgeben von Luxus, den der bescheidene Reichtum des Vaters ihr ermöglichte, empfing nie Besuch und arbeitete weder in der Gemeinde mit, noch half sie ihrem Mann bei seinen zahlreichen Verpflichtungen, die das Amt eines Pfarrers im Gepäck trug. Als sie starb, erschien es vielen wie die von Gott geschickte Erlösung des so beklagenswerten Herrn Pfarrers, dem es ohne diese Frau sicherlich besser ging.

Gegen Abend, wenn Pfarrer Staffelt das Hospiz verließ, schob er sein Fahrrad die wenigen Meter bis zum Friedhof, erzählte ihm dabei von der Mühsal des Lebens, dass Gott so manchen Menschen einer schweren Prüfung unterziehe, ehe er ihn zu sich rufe, und wer ihn so sah, den Pfarrer Staffelt und sein Fahrrad, der hielt sie für gute, über die Jahre unzertrennlich gewordene Freunde, die zusammen, tief ins Gespräch vertieft, ihres Weges gingen. Am gusseisernen Tor verabschiedete er sich kurz von ihm, besuchte das Grab seiner Frau, ordnete die Blumen, schnitt verwelkte Blüten ab und im Herbst sammelte er das trockene Laub, das täglich herabregnete und sich wie eine schützende Decke über die Pflanzen und den Grabstein legte. An seltenen Tagen, wenn seine Haushälterin, die zugleich Köchin, Seelsorgerin und ein ernst zu nehmender Gegner im Schach war, zu ihrer Schwester nach Hamburg reiste, aß er im 'Ochsen' und hielt dort ein Pläuschchen – wie er es nannte –, bis ihn die Pflicht rief.

Hans drehte seine kleine Runde, folgte dem ausgetretenen Weg, der bis zum Forsthaus führte, ehe er hinter dem Friedhof wieder hinaus auf die Felder führte. Tausend Gedanken flatterten ihm wie aufgescheuchte Hühner durch den Kopf, wehten von unsichtbaren Winden getrieben zu Wiegner, dem von ihm verschuldeten Familiendrama, seinen Schriften zu dem seltsamen Post Scriptum, dass er über Informationen bezüglich der Ermordung Seebalds verfügte. 'Guten Abend', hörte er Seebald im Geiste sagen und erinnerte sich an die Szene am Gartentor, wo er wegen seines Hundes, einem Mischling aus Dackel, Spitz und mindestens zwei weiteren Rassen, stehen geblieben war, der mit hörbarem Schnauben an einem Pfosten schnüffelte. 'Nero', fuhr Seebald, Anfang Fünfzig, mittelgroß, mit vollem dunklem Haar und exakt gezogenem Linksscheitel, erklärend fort, 'riecht die Hündin von Fuhrmanns; sie ist läufig.' Die Lippen aufgesprungen, zitterten vor zurückgehaltenen Worten und erweckten im Nachhinein in Hans den Eindruck von aufgeschreckter Schüchternheit, wie sie sonst nur bei Kindern zu finden ist. 'Das ist mein Viertel', schien der Hund zu sagen, als er kurz aufsah. 'Und das Haus mit dem verwilderten Garten ist das, wo ich lebe.'

Es hatte sich kein weiteres Gespräch entwickelt und eine weitere Begegnung schloss sich an, die von Seebald, den er öfters nach dem Abendspaziergang am Fenster stehen sah, dessen Gestik beobachtete, bevor die Gestalt wie eine Marionette, bei der die Fäden gerissen sind, zusammensank und er schlaff am Fenster lehnte; ein Gespenst hinter der Scheibe. Über Seebald selbst gab es nur wenig Erwähnenswertes: Geschieden, keine Kinder und, nach seinem Coming-out als Homosexueller, lebte er sehr zurückgezogen.

Weiter drehte sich das Karussell in Hans Gedanken, zu Alois und dessen Problemen, der kaum einen Tag nüchtern ins Bett stieg und an der Trennung von seiner Frau, den Kindern, allmählich zugrunde ging, weil er nicht nur sein Leben, sondern in zunehmendem Maße sich selbst in Zweifel zog. 'Ich werde ihm nicht helfen können', dachte Hans, der mit sich selbst genug zu tun hatte, und dabei kreisten seine Gedanken nicht nur um Vorkor, seinen Verleger und die sich langsam erschöpfenden Ersparnisse, sondern seit heute Mittag zusätzlich um Wiegner und dessen Schriften. Wie sollte er mit dessen Ansinnen umgehen? Es annehmen und sie zu veröffentlichen suchen? Sie für eigene Zwecke, einen Tatsachenroman missbrauchen oder der Polizei übergeben, so wie es, seiner Meinung nach, das Gesetz erforderte; schließlich hielt er Beweismittel zurück.

Hans sog tief die Luft ein, blieb stehen und blickte über das Land. Seit zwei Spaziergänge, jeweils um die Mittags- und Dämmerzeit, ihm zur lieben Gewohnheit geworden waren, weil sie seine Gedanken auslüfteten und er später vieles klarer und verständlicher sah, nutzte er diese Stunden der Freiheit auch gezielt zur Entscheidungsfindung, wenn er sich an einem Problem die Zähne ausbiss, oder wie jetzt, an einem Wendepunkt im Leben angelangt zu sein glaubte. 'Im Sommer', dachte Hans, 'sind die Dämmerstunden lang und friedlich', und er fühlte sich plötzlich ungemein leicht, als müsste er lediglich die Arme ausstrecken, um sich wie ein Vogel in die Lüfte zu erheben, Nachtkirchen unter sich lassend, das mit jedem Meter, den er an Höhe gewann, ihm kleiner und unbedeutender erschien. Beflügelt von dem Gefühl kindlicher Unbeschwertheit, und getragen von der in ihm aufkeimenden Gewissheit, dass sich alles zum Guten für ihn wenden würde, machte er sich auf den Heimweg.

Pfarrer Staffelt wischte sich mit dem Taschentuch über das Gesicht, steckte es in die Gesäßtasche und sprach mit dem alten Kretschmar, der, die Zeitung unter dem Arm, sich angeregt mit ihm unterhielt.

"Was für ein fürchterliches Unglück, nicht wahr, Herr Kümmelkorn?", rief er Hans über die Straße zu, der nur kurz erwiderte: "Ja! Wer hätte das von ihm gedacht."

"Wenn er zumindest die Kinder verschont hätte", meinte Kretschmar noch und sah Hans erstaunt nach. "Merkwürdig", fügte er an Pfarrer Staffelt gewandt hinzu: "So abweisend kenne ich ihn überhaupt nicht."

Direkt am Gartentor kam ihm Müller entgegen, in verwaschener Jogginghose, die im Schritt bis zu den Knien herunter hing und verdrecktem T-Shirt, dessen bunte Flecken die Speisekarte der vergangenen Tage widerspiegelte, bepackt mit einer prall gefüllten Einkaufstasche Leergut und hetzte grußlos an ihm vorbei, um bei Mutter Hansen dafür das eine oder andere Bier zu ergattern, die in ihrer gutmütigen Art, auch nach Ladenschluss, sämtliche Flaschen einlöste, auch jene, die sofort in der Werkstofftonne landeten. Hans konnte Müller gut leiden, auch wenn er dessen Geschichten nicht immer ertragen konnte oder wollte; andererseits unterschied sich Müller nur wenig von Hans: Beide erfanden Geschichten, um zu überleben. Ein Junge aus der Nachbarschaft folgte ihm und rief: Penner! Penner! Der alte Kretschmar schüttelte bloß den Kopf, Unverständnis sprach aus seiner Geste und Pfarrer Staffelt fischte nach dem Jungen, der 'Loslassen!' brüllte, zerrte und zog, bis er freikam und Grimassen schneidend flüchtete.

Auf dem Fenstersims trällerten zwei Vögel ihr Abendlied, als Hans die Maus antippte und wartete, bis der Bildschirm aufflammte.

'Die Tür ist unverschlossen', überlegte Vorkor, den Griff der Klinge fester fassend. 'Ich brauche sie nur aufzureißen und ...' Plötzlich bohrte sich das Geräusch in sein Gehirn. Vorkor ahnte, dass er nicht so einfach hinaus konnte. Er würde dem Verursacher des Lärms begegnen. Er verfluchte seine Situation, auch, weil er nicht den Hauch einer Vermutung darüber hatte, was dort draußen in der Dunkelheit vor sich ging. Licht flammte auf, warf einen diffusen Schein unter der Tür durch, berührte seine Schuhe und zwang ihn dazu, weiter tatenlos auf der Stelle auszuharren. Seine Gedanken fieberten. 'Dieses verdammte Licht!', dachte Vorkor entnervt und hob ein wenig den Kopf. 'Nein!', durchzuckte eine Vermutung sein Gehirn. 'Da war kein Geräusch. Wie lange ist es her, seit ich dieses Geräusch gehört habe?, fragte er sich und besaß darüber ebenso wenig eine Vorstellung wie darüber, weshalb er sich diese Gedanken machte.

"Verdammter Mist", fluchte Hans und schlug mit der Faust auf den Tisch. Übellaunig lehnte er sich zurück, legte die Beine hoch und begann zu wippen. Hasserfüllt starrte er den Monitor an, als sei er für die Schaffenskrise verantwortlich, in der er sich seit Monaten befand. Der Cursor blinkte; stumme Aufforderung zum Tanz, zum letzten Akt in einem Drama, das nicht einem Höhepunkt zustrebte, sondern wie Nietzsches Übermensch von Gipfel zu Gipfel schritt, und jedes Wort, das er seinem Gehirn abpresste und niederschrieb, offenbarte ihm seine Unfähigkeit in Bezug auf die Sprache wie auf die Handlung. Beidem fehlte die Leichtigkeit, der fließende Strom von früher, als Vorkor, womöglich doch sein Alter Ego, die Geschichten selbst schrieb, er praktisch nur als Medium fungierte, Vorkors rechte Hand in der Realität. Verschiedene Medien fielen ihm ein, die teilweise umfangreiche philosophische Schriften in Trance verfasst hatten, diktiert von Wesen aus höheren geistigen Ebenen; ähnlich hatte sich die Niederschrift früherer Romane der Vorkor Reihe gestaltet und jetzt – seit den letzten Bänden bereits, wurde Vorkor einsilbiger, schweigsamer und zuletzt verstummte er völlig. Außerdem war er der Meinung, dass die Serie von der Handlung her ausgeschöpft war, es nichts mehr zu erzählen gab. Vor Monaten, als er mit der Rohfassung des jetzigen Abenteuers begonnen hatte, war es überraschend gut gelaufen; Vorkor schritt in gewohnter Manier durch die Handlung, beherrschte nach Belieben die Szenerie und vermutlich wäre es ein durchschnittlicher Roman geworden, hätte das Schicksal seines Helden nicht in diesen obskuren Raum geführt, aus dem es anscheinend kein Entkommen gab.

'Sackgasse', dachte Hans, schaukelte stärker und überlegte, was er an Vorkors Stelle jetzt tun würde. 'Die Tür aufreißen und den Kampf suchen, sollte sich tatsächlich jemand auf dem Flur befinden? Abwarten? Das Zimmer nach weiteren Hinweisen durchsuchen? Gab es überhaupt eine Antwort, eine Lösung des Rätsels?' Plötzlich schweiften seine Gedanken ab, nicht zu Wiegner, sondern zu Seebald und der Frage, ob Wiegner tatsächlich Näheres über dessen Ermordung wusste. Der Fall Mooshammer ging ihm durch den Kopf. Seinerzeit war die gesamte Polizei Münchens mobilisiert worden und allein aus der Bevölkerung gingen Tausende von Hinweisen ein. Die ausgesetzte, hohe Belohnung hatte ein Übriges getan, und so war es nicht verwunderlich, dass der Täter innerhalb kürzester Zeit gefasst wurde.

Abrupt stoppte Hans die Bewegung. Die Stille im Haus beruhigte seine angegriffenen Nerven weiter, bis das Läuten der Kirchenglocken sie aufhob. Unbewusst zählte er mit. Neun dumpfe Schläge. Draußen veränderte sich der Abend. Ein laues Lüftchen fuhr in die Bäume, brachte sie zum Rascheln, und als hätte es nur dieses Anstoßes bedurft, erweckte das Geräusch eine Erinnerung in ihm zum Leben und – so vermutete Hans – es spielte dabei der 'Penner-Ruf' von vorhin mehr als nur eine unbedeutende Nebenrolle. Der Alte, das zerknitterte Gesicht hinter einem dicken Wollschal verborgen, schob seine Lumpenkarre durch die Straße. Aufmerksam blickte er sich um, hob hier und da einen Gegenstand auf oder blieb stehen und nahm einen kräftigen, wärmenden Schluck, beobachtete dabei die Kinder auf der Straße, wie sie Räuber und Gendarm spielten, die Verbrecher in ein Gefängnis aus Sträuchern sperrten, und der glühend rote Ball der untergehenden Sonne ließ ihn sich frei fühlen, unbeschwert wie die Kinder in seiner Nähe. Nachts schlief er in leer stehenden Häusern, trank weiter und sang die Lider aus seiner Jugendzeit; alte, teilweise vergessene Schlager, die längst in keiner Hitparade mehr auftauchten und nur im Gedächtnis einiger weniger seiner Mitmenschen herum spukten und sie mit Wehmut an die verschwundenen Jahre erinnerten. 'Täglich', sagte ein Gedanke leise, von Sehnsucht unterströmt, 'tauchte er mit seinem Karren auf. Über Jahre gehörte er wie die Anwohner zu ihrem Viertel und doch', so empfand Hans es aus jetziger Sicht, 'bemerkte niemand sein Verschwinden. Ein lautloser Tod', philosophierte er und spürte, wie ein stechender Schmerz seine Brust durchzuckte, als sei der alte Mann erst gestern gestorben. 'Er hinterließ keine Lücke, erzeugte keine Trauer, und die Geschichte seines Lebens nahm er mit, sie verwehte ungehört, als berge sie ein Geheimnis. Seebald ... Wiegner ... Vorkor', dachte er, und dabei drängte sich ihm die Frage auf: 'Würde ich ihn vermissen? Nach den vielen gemeinsamen Jahren, in denen wir mehr als Freunde – Blutsbrüder, Verschwörer und Leidensgenossen geworden waren? Ich weiß es nicht ... wirklich nicht', gestand sich Hans ein und fürchtete sich vor den möglichen Konsequenzen einer weiteren schmerzvollen Trennung, die der Abschied von Vorkor ihm unter Umständen bereiten könnte. 'Wieder das Gefühl der Einsamkeit ...' Er führte den Gedanken nicht zu Ende, griff stattdessen nach Wiegners Heft und las in der Hoffnung weiter, dass dessen Aufzeichnungen ihn zumindest für den Rest des Abends ablenken würden.

"Manchmal bist du kein Mann!", hatte meine Frau mir erst vor Kurzem wieder an den Kopf geworfen, als sie das Abendessen vorbereitete und ich an dem winzigen Tisch kauerte; ein Häuflein Elend, das sein Bier schlürfte. Hastig hatte sie gesprochen, wie aus der Erregung heraus und ohne mich anzusehen. Ich weiß nicht mehr, worüber unser Streit ging, ob über die Stunden, die ich allein im Arbeitszimmer verbrachte, mich vor ihr und den Kindern versteckte, wie sie mir bald täglich vorwarf, oder weil ich im 'Ochsen' wieder einmal durch mein – wie sie sich auszudrücken pflegte – aufbrausendes Wesen aufgefallen war? Gründe gibt es für sie in ausreichender Zahl; darin ist sie erfinderisch. Aber kann ich Steffi ihren Charakter zum Vorwurf machen, der eher einem Dienstmädchen als einer modernen Frau entspricht? Wäre sie nicht schwanger geworden, ich hätte sie nie geheiratet, und vielleicht wäre dann aus mir ein glücklicherer Mensch erwachsen, mein Leben anders verlaufen. Nie wäre ich zu dieser Nutte gegangen, diesem über Jahre unseligen Verhältnis mit Franziska, bis jener Vorfall weitere Besuche bei ihr unmöglich machte.

Vorübergegangen wäre ich an ihr!', schrieb Wiegner, und Hans sah ihn in Gedanken, wie er im Garten saß, nach den Zigaretten tastete und sie anzuzünden versuchte. Ein Luftzug blies das Streichholz aus und auch das nächste brachte er nicht bis zum Mund. Wütend strich er ein weiteres mehrmals über die Schachtel, bis es zischend aufflammte, wölbte schützend die Hände, es erlosch. Ärgerlich schleuderte er die Zigarette auf den Boden, brüllte nach seiner Frau, damit sie die Kinder beruhigte, die im Haus lärmten. Seine Anspannung wuchs sich allmählich zur Verzweiflung aus. Er schlug mit der flachen Hand auf den Tisch und begann unterdrückt zu wimmern wie ein verängstigtes Kind.

'Oder hätte es bei einem Besuch belassen. Franziska – nichts als geflucht hat sie und gesoffen und im angrenzenden Zimmer plärrte das Kind. Der Alkohol hatte ihren Körper aufgeschwemmt, ihr Gesicht entstellt und ihre Sprache, je hässlicher sie wurde, bis zur Gemeinheit abgeschliffen. Trotzdem bin ich nicht von ihr losgekommen, auch nicht, als ich erfuhr, dass sie mit anderen Männern ausging und für eine Flasche Schnaps, ein paar Euro, bereitwillig das Höschen herunter zog. Die Wohnung, zwei möblierte Zimmer mit Küche; eine bessere Müllkippe, wie sie sagte, und ihr Schlafzimmer war kaum groß genug für das riesige Doppelbett, die wurmstichige Kommode, deren Spiegel blind in die Welt blickte und neben dem Schrank, ein Überbleibsel aus dem 19. Jahrhundert, bewahrte sie neben Kleidern eine Handvoll Habseligkeiten aus ihrer Kindheit auf. Einmal bin ich noch bei ihr gewesen. Ihr Gesicht, von Alkohol und spärlich auflodernder Lust entstellt, nahm immer mehr die Züge jenes Jungen an, bis die Lust mich fortriss und ihn in die anklagende Stille des Mansardenzimmers schleuderte.

Vier Wochen später wurde sie ermordet. Vermutlich wurde einer von Franziskas Liebhabern ihr letztendlich zum Verhängnis. Einer aus der Riege jener arbeitsscheuen Gestalten, die den ganzen Tag die Kneipen bevölkern, auf Kosten von spendablen Besuchern soffen, sich in ihren Geschichten zu übertrumpfen versuchten, was für tolle Kerle sie in ihrer Jugend gewesen seien und wenn das Schicksal – wie sie gebetsmühlenartig betonten – nur ein wenig gnädiger mit ihnen umgesprungen wäre, dann … ja dann! So schwelgen sie in ihren von billigem Fusel angetriebenen Tagträumen, haltlosen Fantasien, die jeder Realität zuwider liefen, weil nicht das Leben sie benachteiligt hatte, sondern ihr labiler Charakter, an dem auch ihre teilweise gut situierten Familien nichts zu ändern vermochten, der sie in die Gosse und einen frühzeitigen Tod treiben würde. Spaziergänger entdeckten ihre halb nackte Leiche zwischen Müllcontainern im Bahnhofsviertel. Der Täter wurde nie ermittelt und die Akte nach wenigen, halbherzig durchgeführten Vernehmungen im Milieu geschlossen.

Wochen später habe ich mich unauffällig in der Nachbarschaft umgehört und nur in Erfahrung bringen können, was ich von anderer Seite bereits wusste. 'Das Kind ist in ein staatliches Heim verbracht worden', meinte die ältere Nachbarin zu mir, die im Parterre wohnte und von früh morgens bis spät in die Nacht hinein ihre alten Schallplatten spielte. 'Dort geht es ihm sicherlich besser. An manchen Tagen bekam das Kind ja nicht einmal etwas zu essen.

Und wie oft', flüsterte sie hinter vorgehaltener Hand, als könnte jemand zufällig Zeuge ihrer Vorwürfe werden, 'habe ich ihm heimlich zwischen Tür und Angel Süßigkeiten zugesteckt. Die hat doch jeden Cent versoffen und diese Männer, die da täglich bei ihr ein- und ausgingen. Widerlich! Am Wochenende haben die sich ja praktisch die Klinke in die Hand gedrückt. Brr! Nicht mal mit der Feuerzange hätte ich die in meiner Jugend angefasst … so wie die aussahen; zerlumpte Gestalten, und woher die das Geld für diese Schlampe hatten, das möchte ich lieber nicht wissen', schimpfte sie, zog vielsagend die Augenbrauen hoch und fügte, bevor sie die Tür schloss, hinzu: 'Über Tote soll man ja bekanntlich nicht schlecht reden und der Herr möchte, falls ihn jemand danach frage, nicht sagen, von wem er seine Informationen habe. Ich will, was diese fürchterliche Person angeht, in nichts hineingezogen werden.' Seither waren zehn Jahre vergangen und die Angst, dass das Furchtbare jetzt endgültig ans Tageslicht gezogen werden könnte, geht mir nicht mehr aus dem Sinn.

Bereits vor Wochen, als die Anzeichen sich mehrten, die Leute hinter meinem Rücken zu tuscheln anfingen, büßte ich die Unbeschwertheit der ersten Monate hier in Nachtkirchen ein; sie war innerhalb von Tagen zu einer flüchtigen Erinnerung, einem verwehenden Hoffnungsschimmer verkommen. Jetzt', las Hans den letzten Abschnitt des Kapitels, obwohl er nur mit Mühe die Augen offenhalten konnte, 'ist alles in mir angespannt – verkrampft, wie bei den zu spät Geborenen, die unentwegt jammern und schimpfen, weil man ihre Not nicht durch Hand auflegen kurieren kann. Selbst hier in Nachtkirchen, diesem verlassenen Ort, der auf kaum einer Karte verzeichnet ist, wissen sie über mich Bescheid. Woher nur?, überlege ich und komme zu dem Schluss, das nur die Bewohner im Haus mich gesehen und erkannt haben können. Nein! Franziska selbst muss es weiter erzählt haben, womöglich einem ihrer halbseidenen Liebhaber, der für ihr Schweigen schnelles Geld von mir erhoffte. Andererseits – das Gerede über mich. Zuerst in der Straße, dann in unserem Wohngebiet und zuletzt infizierte es den gesamten Ort. Die Hetzjagd auf mich begann, bevor ich das für meine Familie in dieser Situation einzig Richtige unternahm und um Versetzung nachsuchte. Aber selbst dieser Schritt brachte nicht den gewünschten Erfolg, die Ruhe kommt nicht in mein Leben zurück.'

Gähnend legte Hans das Heft auf den Stapel. Zu müde, um über das Gelesene nachzudenken, stand er auf, löschte das Licht und ging ins Bett.

Sieben

"Guten Morgen!", begrüßte Nestor ihn vergnügt, als Hans mit verschlafenem Gesichtsausdruck die Haustür öffnete.

"Wie spät ist es?", fragte Hans, trat zur Seite und ließ Nestor mitsamt Koffer herein.

"Sieben Uhr", antwortete dieser und fügte scherzend und etwas außer Atem hinzu: "Ich werde auch nicht jünger."

"Sie dich ruhig um, solange ich mich anziehe und das Frühstück mache", rief Hans gähnend und entschwand mit den Worten nach oben: "Ich hoffe, die Unordnung stört dich nicht."

"Keine Sorge", meinte Nestor, der interessiert die alte Standuhr begutachtete. Ihr Ticken erinnerte an Kanonenschüsse, wie der Pulsschlag des Urknalls, und die Zeiger, geformt wie drohend erhobene Finger, standen bei sieben und zwei. 'Um Sechs werde ich wieder zu Hause sein', freute sich Nestor, als er Hans' Arbeitszimmer betrat. "Hier schreibst du also", sagte er halblaut und schritt die Reihen der Bücher ab. Von der Küche drang das Gluckern der Kaffeemaschine herüber und er konnte hören, wie Hans mit Tellern und Besteck hantierte. Am Schreibtisch blieb er schmunzelnd, mit hochgezogenen Brauen, stehen und dachte: 'Die Katrin würde ihm ganz schön den Marsch blasen.' Er überflog die ersten Seiten des Manuskriptes: Guardo, ein über mehrere hundert Jahre alter Vampir, beglückte gerade ein junges Mädchen, als Vorkor die Tür eintrat und den Unhold kurzerhand ins Jenseits beförderte.

"Kommst du?", rief Hans, und als sie gemütlich beim Frühstück saßen, konnte Nestor sich nicht die Bemerkung verkneifen: "Du brauchst dringend eine Frau, Hans. Glaube mir. Was ist den mit Eris? Die hatte doch ein Faible für dich."

Hans winkte ab. "Ich genieße mein Junggesellendasein. Was ist übrigens mit Alois? Hat er wieder …?", fragte er und machte eine unmissverständliche Geste.

"Ja. Aber aber wegen deinem Status als Junggeselle", kam Nestor auf das Thema zurück und biss herzhaft in ein frisch aufgebackenes Brötchen. "Man sieht es", grummelte er mit vollem Mund und fischte mit dem Finger ein Stück Erdbeere aus dem Mundwinkel. "Andererseits verbringe ich jede Nacht in einem Himmelbett. Oft, wenn ich nachts wach liege, und meine Katrin beobachte, wie sich ihre Brust hebt und senkt, als dämpfe das sanfte Mondlicht ihren Lebensrhythmus, dann versuche ich mir vorzustellen, was in ihrem traumverwirrten Kopf vorgeht; ob ich darin vorkomme und wenn sie mir am Morgen den Kopf zudreht, das Gesicht noch voller Schlaf, lacht sie mich an, zieht an meinen Haaren und flüstert mir ins Ohr: "Nein, ich habe nicht von dir geträumt." Früher, hat sie mir anvertraut, habe sie ein Traumbuch geführt; ein großes Heft wie das auf deinem Schreibtisch mit deinen 'Nachtkirchener Betrachtungen', das sie unter dem Bett versteckt hielt und das sie führte, ganz, gleich in welcher Verfassung sie sich befand, kuschelte sich enger an mich und wir lauschten dem Prasseln des Kaminfeuers, das den kommenden Winter ankündigte, der bereits gegen Nachmittag mit einem kalten Ostwind die ersten Schneeflocken durch den Ort gewirbelt hatte. Der Inhalt, beichte sie mir, sei immer schrecklich gewesen, gespickt mit Grausamkeiten und wie sie vergeblich versucht habe, diese fürchterlichen Träume mit ihrem sanften Wesen in Verbindung zu bringen. Aber ich schweife ab", entschuldigte sich Nestor, spülte den Rest des Brötchens mit einem Schluck Kaffee hinunter und flüsterte andächtig, ohne jedoch in den gewohnten pastoralen Tonfall des hiesigen Pfarrers abzudriften: "Trotzdem ist, seit ich wie ein Schlagwetter in ihr Leben getreten bin, etwas Stummes, Wortloses zwischen uns, das sich – wie soll ich es dir beschreiben – von selbst ausdrückt und uns einen Frieden beschert, wie bei Menschen, die seit Jahr und Tag zusammen leben … und obwohl wir uns eigentlich kaum kannten; ja eigentlich kannten wir uns selbst nicht. Es kommt mir so vor, wie bei diesem Symbol … Ying und Yang, diesem wunderschönen Sinnbild für die Vereinigung von Gegensätzlichem. Aber", beteuerte Nestor und wischte die Gedanken an seine Katrin mit einer Handbewegung zur Seite, als verscheuche er eine lästige Fliege, "ich habe jetzt genug von Katrin geschwärmt. Dir muss doch bereits gehörig der Kopf schwirren?"

"Im Gegenteil. Es lenkt mich ab", antwortete Hans ohne zu zögern.

"Und sonst? Außer deinem einsamen Kampf mit Vorkor? Hast du von Petra gehört?"

Hans schüttelte den Kopf. "Nicht, seit wir die Wohnung aufgelöst haben. Über drei Ecken habe ich erfahren, dass sie jetzt mit einem Bankangestellten ihr Leben teilt. Grundsolide. Typ gut situierter Herr, etwas beschränkt wie alles Übrige an ihm ... lassen wir das, Nestor. Es ist Schnee von Gestern."

"Kein neues Projekt?"

"Nein. Seit mir mein Verleger mit der Fortsetzung in den Ohren liegt und keine Woche verstreichen lässt, in der er oder seine Sekretärin anrufen, um sich nach dem Fortgang der Arbeit zu erkundigen, herrscht völlige Leere in meinem Kopf. Ich", versuchte er Nestor zu erklären, "bekommen einfach keinen Draht mehr zu Vorkor."

Nestor hob nachdenklich die rechte Augenbraue. "Wenn ich dein Arbeitszimmer ansehe, die zerrissenen Papiere, überall leere Flaschen und Essensreste ... die ganze Unordnung, dann könnte ich durchaus auf den Gedanken kommen, dass dort ein Wahnsinniger haust, ein Neandertaler, den es in unsere Zeit verschlagen hat. Was ist den mit deinen 'Nachtkirchener Betrachtungen'?", fragte Nestor neugierig. "Klingt jedenfalls interessant."

"Morgen", krächzte plötzlich Alois, schlurfte an die Spüle, füllte ein Glas mit Wasser und trank es in einem Zug aus. "Was seht ich mich so an?", fragte er und rückte einen Stuhl an den Tisch.

Nestor und Hans tauschten Blicke.

"Noch ein Kaffee da", murmelte Alois, und an Nestor gewandt: "Ich habe von dir geträumt. Du bist auf der Bühne gestanden und hast mir die Herstellung einer Fadenmarionette erklärt. Witzig, nicht?"

"Und?", wollte Hans wissen und schenkte Alois Kaffee ein.

"Vergessen", erwiderte Alois und zuckte entschuldigend mit den Schultern. Die grauen Zellen wollten an diesem Morgen noch nicht so recht.

"Ich", mischte sich Nestor lachend ein, "habe ihn auf der Fahrt ein wenig in die Kunst der Herstellung von Marionetten eingeführt und ihm zu erklären versucht, dass je nach Konstruktionstyp ein erhebliches handwerkliches Können und natürlich ein gewisses künstlerisches Empfinden verlangt wird. Der Kopf", erklärte Nestor mit erhobenem Zeigefinger und kam wieder ins Erzählen, wobei er der imaginären Figur in seiner Hand unbewusst Leben einhauchte, "sollte im Verhältnis zum Körper größer als in der Wirklichkeit sein", dozierte er, als stünde er vor seiner Volkshochschulklasse. "Mit dem korrekten Aufbinden der Fäden steht und fällt die exakte Führbarkeit der Marionette." Hans folgte in Gedanken der an unsichtbaren Fäden tanzenden Puppe. Seine Augen leuchteten dabei wie Zwillingssterne am Nachthimmel, deren gravitative Anziehung an zwei Liebende erinnerte, ihre Leuchtkraft ins Unermessliche steigerte und letztlich zur Verschmelzung der beiden Objekte führte. Eingewebt in die ihn verzaubernde Erinnerung an Nestors Spiel, die von ihm erzeugte Wirklichkeit, lauschte er dessen Worten wie Kinder an Weihnachten den behutsamen Schritten des Christkindes.

"Die Handfläche ruht auf dem Längsbalken; Zeige- und Mittelfinger umschließen den Kopfbalken sanft. Die Hand darf nicht verkrampfen", warnte Nestor in eindringlichem Ton. "Oft mussten wir früher", fuhr er sichtlich erheitert fort, "weil der Kopf zu groß geraten war, die Puppe neu ausbalancieren, weil das Gewicht den Korpus nach hinten gedrückt hat. Die Figur krümmt sich dann, als ob sie unter Magenschmerzen leidet. Es gibt natürlich Marionetten, bei denen sieht das niedlich aus." Nestor führte die imaginäre, nur in der Vorstellung seiner beiden Zuhörer existierenden Puppe im Kreis und ließ sie mit sonorer Stimme sagen: "Drum habe ich mich der Magie ergeben, ob mir durch Geistes Kraft und Mund nicht manch ein Geheimnis würde kund, dass ich nicht mehr, mit saurem Schweiß, zu sagen brauche, was ich nicht weiß. Goethes Faust ist einmalig", hauchte Nestor in gedämpftem Ton und wurde sich erst jetzt wieder der Anwesenheit von Hans und Alois bewusst. "Entschuldigt bitte", sagte er verlegen und spielte wie ein Schulkind, das die Frage des Lehrers nicht beantworten konnte, mit den Fingern, "aber wenn ich in meinem Element bin, dann hält mich nichts mehr."

"Ist er nicht eine Wucht?", stieß Alois begeistert aus und klatschte sich mit der flachen Hand auf den Schenkel. "Wie hast du gesagt, Nestor? Das Spiel muss Realität erzeugen, beobachtbare Realität. Ja – könnte von mir sein", sinnierte er. "Leben wir nicht in einem Kosmos, der unentwegt Realität, für uns sichtbare, erlebbare Realität erzeugt?"

Hans atmete tief ein, und als er die Luft langsam entließ schwang unhörbar das Wort 'Urmeli' darin mit und die seit langem unberührte Erinnerung an die Augsburger Puppenkiste. "Sobald ich hier einige Dinge in Ordnung, beziehungsweise zu einem Abschluss gebracht habe, Nestor, komme ich euch besuchen und belege bei dir einen Kurs."

"Versprochen?", entgegnete Nestor und strahlte dabei über das ganze Gesicht.

"Ja!"

"Und was ist mit meiner Wenigkeit", wollte Alois wissen und zog eine Schnute, wie damals, als er bei der Auswahl der Mannschaften stets bis zuletzt stehen blieb, weil er zwei linke Füße besaß und mit dem Ball so schnell unterwegs war wie Wiederholungen im Fernsehen in Super-Slow-Motion.

"Du bist ebenfalls eingeladen", meinte Nestor und sah auf die Uhr.

"Musst du schon los? Ich fahre dich natürlich nach Naumburg."

"Ein bisschen Zeit habe ich noch. Kanntest du diesen Wiegner eigentlich, Hans? Ihr wart ja praktisch Nachbarn?"

"Flüchtig. Eigentlich nur vom Sehen", antwortete Hans ausweichend, obwohl ihm tausend Fragen durch den Kopf schossen. Zugleich warf er Alois einen warnenden Blick zu. "Als ich Nachtkirchen zum ersten Mal sah, dachte ich, verschlafener kann kein Ort sein, und innerhalb eines Jahres geschehen zwei Verbrechen; eines schrecklicher als das andere."

"Zwei?", hakte Nestor verwundert nach und genehmigte sich ausnahmsweise noch ein Brötchen.

"Vor drei Monaten wurde nur ein paar Straßen entfernt von hier Manfred Seebald ermordet aufgefunden."

"Schwer was los hier", warf Alois ein, dessen innere Unruhe wuchs. Seine Hand krampfte sich plötzlich zusammen und Hans hörte ihn nach Luft schnappen. "Wenn ich da an gestern im 'Ochsen' denke. All die Reporter ... Vielleicht lebt hier ein Serienkiller", rätselte er, kippte den Rest des Kaffees hinunter und fuhr sich mit der Zunge über die spröden, bläulich verfärbten Lippen.

"Er war homosexuell und fuhr öfters nach Leipzig ..."

"Du vermutest", unterbrach ihn Nestor, "dass es ein Mord im Milieu war? Unter Strichern?"

"Eigentlich vermute ich nichts", antwortete Hans und legte den Kopf zur Seite, als erschiene ihm der Mord plötzlich in einem anderen Blickwinkel, und er entsann sich plötzlich an eine rhythmisch blinkende Leuchtreklame, die schräg gegenüber von seinem Kinderzimmer, im Takt der am Himmel aufleuchtenden Sterne verkündete: Lüders Lebensmittel – Nacht – Lüders Lebensmittel – Nacht, und in einer dieser Nächte war Lüders ermordet worden.

Ob von einem Einbrecher, der es auf die Tageseinnahmen abgesehen hatte, die Lüders immer in der Gefriertruhe versteckte, oder von einem seiner Stricher, deren heimliche Besuche über die Hintertreppe im dunklen Hof erfolgten und die vor Tagesanbruch wie Diebe in der Nacht verschwanden, blieb bis heute unaufgeklärt.

"Kein Stoff für eine Story?", sagte Nestor, räusperte sich und lächelte vergnügt, obwohl ein Funke Sorge in ihm aufkeimte, dass Hans sich zu sehr in seine Dämonenreihe verstieg, um die Leere, die Petra in ihm hinterlassen hatte, mit Gewalt und der ihm eigenen Sturheit auszufüllen.

"Es ist nicht mein Metier, Nestor", antwortete Hans halb in Gedanken versunken, die um Wiegner und dessen Schriften kreisten. 'Konnte er …?', fragte er sich ungewollt und ihn beschlich jene Empfindung, die langsam von ihm Besitz ergriff und die er vom letzten Sommer her kannte. Er fröstelte, obwohl es heiß war. Das unheimliche Gefühl wuchs an, bis die Atmosphäre in der Küche genau der an diesem warmen Augustmorgen glich, als die Singvögel schwiegen, der Verkehr auf der Durchgangsstraße kurzzeitig verstummte und als die Nachbarn stumm aus den Fenstern blickten. Eine leere, verlassene Stadt, als erwarte sie die vier apokalyptischen Reiter. Ein flüchtiges Atem holen des aufbrechenden Tages, bevor die Geräusche des Alltags auf ein unsichtbares Zeichen hin wieder einsetzten, wie ein Orchester, nachdem der Dirigent mit dem Taktstock für Ruhe gesorgt hatte.

Nestor blies hörbar die Luft aus, und es klang wie das Säuseln des Windes, wenn er im Herbst sanft über die Felder strich und ihnen Geschichten entlockte, die sie über den Sommer gespeichert hatten und die von forschen Hunden erzählten, von lachenden Liebespaaren, die sich zwischen sie gedrängt, sich geküsst und ewige Liebe geschworen hatten. Dann die vergnügliche Episode von den beiden älteren Männern, die über einen Schachzug so in Rage geraten waren, dass sie sich gegenseitig mit ihren Wanderstöcken bedrohten, sich als Falschspieler und Lügner beschimpften, ehe sie in der Bewegung erstarrten, sich zuerst schäumend vor Wut, dann überrascht ansahen, bevor sie in schallendes Gelächter ausbrachen, sich umarmten und unter Kopfschütteln weiter ihres Weges spazierten; oder jene von den Kindern, die ihre in den Büchern gelesenen Abenteuer den Freunden erzählten, die von Hexen mit giftgrünen Augen handelten, teuflischen Augen, wie das Mädchen behauptete, und dabei die eigenen sperrangelweit aufriss, wie eine Tür, die in fremde Welten führte, bis ihre Augen von einem tapferen Jüngling herausgerissen und ins Meer geworfen wurden, wo sie jetzt kalt und grün, bis zum Letzten aller Tage liegen würden.

"Du solltest deine Gedanken mehr auf weltliche Dinge richten", umschrieb Nestor die ihm durch den Kopf wehenden Gedanken.

"Ich verstehe nicht ...?"

Nestor summte eine Melodie und grinste breit

über das ganze Gesicht. "Eris!", half er Hans auf die Sprünge und berührte führsorglich seinen Arm. "Ich sagte dir bereits, Hans, du bist ihr nicht gleichgültig. Das habe ich zuerst in der Hütte und später auf Sybilles Beerdigung deutlich gespürt. Wie sie dich angesehen hat ..."

"Ich weiß", pflichtete Hans ihm bei. "Es ist zu früh", versuchte er Nestor ihre Beziehung zu verdeutlichen. "Erst muss Petra hier drinnen – dabei klopfte er sich mit der Faust auf Höhe des Herzens gegen die Brust – endgültig begraben sein. Ich denke noch zu oft an sie und mit jedem Tag, der verstreicht, Nestor, erinnere ich mich mehr an ihre guten Eigenschaften ... unsere schönen Zeiten, und wenn es so weiter geht ist sie bis Ende des Jahres zum Engel geworden", gestand er seinem Freund und versuchte ein Lächeln, das misslang. Mit ausdruckslosen Augen starrte er durch Alois hindurch, betrachtete die Bilder auf seiner inneren Leinwand, die aus der Vergangenheit an die Gegenwart brandeten und sie beharrlich, wie ein Tropfen den Stein, auszuhöhlen versuchten. "Nein, Nestor", seufzte er schwer, als trüge er eine für seine Kräfte zu große Last, "ich würde sie nur mit Petra vergleichen und das wäre nicht gerecht, zumal Eris ein völlig anderer Mensch ist; unbeschwert, temperamentvoll bis zum Übermut ... dann wie Kind", erklärte Hans, Eris in Gedanken nach spürend, und mit jedem Wort sank seine Stimme mehr zu einem Flüstern herab, wurde weich, zärtlich, wie die eines Vaters, wenn er seinen Kindern ihre Gutenacht-Geschichte vorliest, darüber selbst zum Kind wird, das staunend, voller Neugier durch die Welt streift, dort auf wundersame Gestalten stößt, die für Tage, Monate oder Jahre die Wirklichkeit verwandeln, sie in bunten Farben malen, den sogenannten Farben des Herzens, die nicht mit den Augen wahrgenommen werden, sondern auf andere, unbekannte Weise in den Körper der Kinder einsickern. "Hüpft über die Wiesen, dass ihr Rock flattert wie ein aufgescheuchter Jungvogel, der zum ersten Mal das Nest verlässt. Die Augen groß, als müsste die Welt dort innerhalb eines Lidschlags versinken, bis sie unvermittelt stehen bleibt, sich bückt, etwas ausreißt und in den Mund stopft. 'Sauerampfer!', sagt sie und verzieht das Gesicht zur Grimasse, als habe sie ein Glas Zitronensaft getrunken. 'Willst du?' Und schon ruppft sie die nächsten Blätter aus, streut sie in meine Hand, wartet, nimmt sie dann und drückt sie gegen meine Lippen. Natürlich leiste ich Widerstand, bis sie knurrt und ich brav die Blätter kaue. Oft", schwärmte Hans weiter, der Blick verklärt, als offenbarten sich ihm erst in diesen Minuten seine wahren Gefühle für sie, "erzählt sie Geschichten von dem Land hier, wie die des verstorbenen Schreiners, der im Totenwald hinter dem Friedhof lebt, nicht ahnt, dass er nicht mehr unter den Lebenden weilt, und tagein, tagaus weiter seiner gewohnten Arbeit nachgeht, oder die von den beiden Kindern, die im Hermannsee ertrunken sind und die die badenden Kinder erschrecken, indem sie sie mit ihren eiskalten Händen an den Füßen ziehen. Sie ist so voller Lebensfreude und ... das genaue Gegenteil von Petra ..." Hans verstummte.

Für Minuten hüllte Stille sie ein. Gemeinsam hingen sie ihren Gedanken nach, bis ein sonderbares Geräusch ihr Schweigen unterbrach, wie wenn ein Vogel gegen das Fenster fliegt und ins Gras plumpst. Alois regte sich.

"Ich werde dann mal an die Arbeit gehen", verabschiedete er sich. "Sehe ich dich später noch?", fragte er Nestor, die verschwitzten Hände auf dem Rücken knetend.

"Vermutlich nicht", antwortete dieser mit einem Blick auf die Uhr und erntete von Hans einen fragenden und betrübten Blick zugleich. "Mein Zug fährt um 13:58 und ich möchte vorher noch ein Mitbringsel für Katrin besorgen. Und jetzt ist es bereits nach zehn!"

"Dann halt die Ohren steif", entgegnete Alois, wischte die feuchte Hand an der Hose ab und reichte sie Nestor. "Die Einladung gilt", fügte er ohne große Überzeugungskraft hinzu.

"Selbstverständlich", erwiderte Nestor hüstelnd und mit einem Seitenblick auf Hans, der andeutete, dass er Alois` Bemerkung für eine Floskel hielt.

"Wir sehen uns später?", sagte er zu Hans und sein Tonfall verriet, was er damit meinte.

"In Ordnung."

"Gut." Alois floh, hastete die Treppe hinauf, zu seiner Arbeit und der im Papierkorb versteckten Flasche Abbeizer, die er dem Ochsenwirt förmlich abbetteln musste, der sein Geheimrezept in Gefahr sah.

"Wir sehen uns so selten, Nestor", bedrängte ihn Hans, "und wenn ich dich fahre ..."

"Dann komm uns wie versprochen besuchen. Nimm dir hier eine Auszeit, lass Vorkor ruhen, setzt dich in deinen klapprigen Golf und ab die Post. Du weißt ja, Helden kommen immer aus dem 'Hohen Norden'. Vielleicht inspiriert dich unsere gesunde Luft", witzelte Nestor und nickte, als sei die Sache damit beschlossen und besiegelt.

"Ich werde darüber nachdenken ... ehrlich", setzte Hans in demselben Atemzug hinzu, weil Nestor bereits bedenklich mit dem Kopf wackelte und damit indirekt sagte: Irgendwann, nur nicht in der nächsten Zeit. "Willst du noch zu Sybilles Grab? Ein Spaziergang könnte jetzt, nach dem opulenten Frühstück, nicht schaden, oder?"

"Schön", antwortete Nestor, erhob sich schwerfällig, griff nach dem Geschirr auf dem Tisch und trug es zur Spüle.

"Nestor! Ich bitte dich! Lass' um Gottes Willen das Geschirr stehen. Darum kümmere ich mich später. Schließlich verfüge ich als einsamer Junggeselle über ausreichend freie Zeit."

"Das sehe ich an deinem Arbeitszimmer", konterte Nestor augenzwinkernd.

Draußen wehte ein angenehmer Wind, der die sommerliche Hitze erträglicher gestaltete und die ausgetrockneten Blätter, wie vorweggenommenes Herbstlaub, über die Straße wirbelte. Beim Briefkasten an der Ecke begegneten sie Sandra, grüßten im Vorübergehen, und aus den Augenwinkeln konnte Hans beobachten, wie sie ein dickes Kuvert mit beiden Händen und sanfter Gewalt durch den Schlitz drückte.

"Arbeitet seit zwei Monaten bei Mutter Hansen im Laden", erklärte Hans. "Die alte Frau ist ganz aus dem Häuschen. Bei jeder passenden Gelegenheit streicht sie ihr über den Kopf und sagt, 'das ihr das Kind vom Himmel geschickt worden sei', und dabei strahlt sie, als sei sie in ihrem Alter noch einmal Mutter geworden.

"Wahrscheinlich ist sie das."

Die alte Kirche kam in Sicht; der baufällige Turm war seit dem Frühjahr in ein Gerüst gehüllt und erhielt endlich, nach mehrmaligem Aufschub, die zwingend erforderliche Sanierung. Erst im Herbst letzten Jahres war ein großes Stück Stein herausgebrochen und kaum einen Meter von spielenden Kindern entfernt auf den Boden gedonnert, wo er ein bis heute sichtbares Loch in den gepflasterten Weg geschlagen hatte.

"Elbsandstein", betonte Hans und deutete auf den Grabstein, wobei sein Blick zu den Friedhofsarbeitern hinüber wanderte, die letzte Hand an ein frisch ausgehobenes Grab legten.

"Denkst du noch daran?", wollte Nestor wissen,

schlug die Hände auf dem Rücken übereinander und blinzelte in die zwischen den Bäumen durchbrechende Sonne.

Hans nickte. "Von Zeit zu Zeit. Öfters träume ich davon, wie ich in diesen letzten Minuten verzweifelt nach Luft gerungen habe. 'Gott!', höre ich mich schreien. 'Bitte lass die Retter uns finden!' Wie wir dann die Hunde hörten, ihr Kläffen und Jaulen, das Geräusch der Schaufeln." Er seufzte hörbar, vergrub die Hände in den Taschen, sah auf Sybilles Grab und wie aus dem Nichts tauchte zwischen den Blumen ihr Gesicht auf, eine weitere strahlende Blüte, die, trotz ihrer beruflichen Härte, eine junge und zerbrechliche Frau war.

"Hätten wir ihr helfen können?", fragte Hans, den Blick weiterhin auf die durch die Hitze müde wirkenden Blumen geheftet.

"Ich glaube nicht. Hinauszögern … mit professioneller Hilfe … Machst du dir ihretwegen Vorwürfe?"

"Vorwürfe wäre zu viel gesagt, eher so meine Gedanken. Moment, Nestor! Ich hole nur frisches Wasser. Alles trocken, trotz des Regens gestern." Hans eilte zum Brunnen, der sich unweit des dunklen Erdlochs befand, tauchte die Gießkanne unter, wartete, bis das Gluckern verstummte, grüßte die Arbeiter, als sie kurz aufsahen, herüber nickten, ihre Mützen tiefer ins Gesicht zogen, während er ausgiebig die Blumen goss. Anschließend schüttelte er die Wassertropfen von den Blättern. "Damit die Sonne sie nicht verbrennt, wirken wie Prismen", klärte er Nestor auf, pflückte die verwelkten Blüten ab und begutachtete mit innerer Zufriedenheit sein Werk.

"Glaubst du an Gott?"

"Nein, eigentlich nicht", antwortete Nestor. "Zumindest nicht an die Version des älteren Herrn mit Bart und gütigem Blick. Seltsam, Hans – aber seit Alois mir von seiner Theorie berichtet hat, diesem allgegenwärtigen Feld, in das unsere sämtlichen Handlungen, Gedanken und so weiter eingeschrieben werden, um dort ihrerseits Wirkungen zu entfalten, habe ich mir so meine eigenen Gedanken gemacht und – bitte, lache mich jetzt nicht aus, Hans – einschlägige Literatur darüber studiert. Hast du schon von der Akasha-Chronik gehört?"

Hans bejahte, wollte gerade zu einer Erklärung ansetzen, als Nestor fortfuhr.

"Ist eine alte Theorie, die besagt, dass dort, in einer Art riesigen Bibliothek, alles nachzulesen ist, was jemals auf Erden geschehen ist und sich zukünftig ereignen wird. Diese Frau ... Blavatzki, die konnte darin lesen. Oder Rudolf Steiner, und zuletzt habe ich mich mit Edgar Cayce beschäftigt, der mit Hilfe verstorbener Ärzte Diagnosen erstellte, die selbst in Fachkreisen für Erstaunen sorgten, und das ohne eigene medizinische Kenntnisse. Je mehr ich mich mit diesem Thema befasse, Hans, desto rätselhafter erscheint mir unsere Wirklichkeit, und mittlerweile bin ich zu der Überzeugung gelangt, dass es mehr geben muss als wir mit unseren bescheidenen fünf Sinnen wahrzunehmen in der Lage sind. Natürlich unterliegen Theorien, bedingt durch die modernen Naturwissenschaften, einem steten Wandel – werden sozusagen der Zeit angepasst. Trotzdem", schloss Nestor und blickte bedeutungsschwer in den Himmel, der von weißen, wie Wattebäuschen dahinschwebenden Wolken durchsetzt war, "und obwohl ich Alois' Ansicht nicht teile, so ganz Unrecht hat er mit seiner Theorie nicht. Hast du von Jane Roberts gehört?"

Hans verneinte ungläubig.

"Interessant. Wirklich lesenswert. Ein fast philosophisches Werk. Denk daran, wenn du Zeit hast und nicht gerade mit Vorkor im Clinch liegst."

"Du hast dich verändert", meinte Hans in grüblerischem Ton, der noch immer die Kanne in der Hand hielt und seit zehn Minuten den letzten Tropfen heraus schüttelte.

"Früher", überlegte Nestor, "war ich ein Einsiedler, der, obwohl ich in dieser Welt lebte, tief im finsteren Wald hauste. Einsiedler, heißt es, sind Verrückte, und die Menschen fürchten sich vor ihnen, ohne dafür besondere Gründe angeben zu können. 'Sind halt verrückte Leute', behaupten sie, aber … Hans, in Wirklichkeit sind sie nur einsam. Deshalb sind ihre Gedanken verschroben, passen nicht in das gängige Weltbild. Hinzu kommt, dass sie nur für sich selbst Verantwortung tragen, und so ist es nicht verwunderlich, wenn ihre Sicht der Dinge egozentrisch ist und mit ihnen zugrunde geht. Jetzt, seit ich meine Katrin, ihre Kinder habe, dreht sich die Welt nicht mehr nur um meine Person ... Der Kosmos hat sich erweitert – und das Unglück in den Bergen, Hans –, das alles hat mich zum Nachdenken gebracht."

Beide schwiegen. Kreise aus Sonnenlicht, die durch die Baumkronen sickerten, brachten das Gras zwischen den Gräbern zum Funkeln, als bestünden die Spitzen aus Edelsteinen. Bienen summten über die Blüten, dazwischen das Geräusch der beiden Totengräber und im Hintergrund das ewige Lied der Durchgangsstraße, das mit der jeweiligen Tageszeit anschwoll oder abebbte und nach deren Rhythmus die Bewohner ihre Uhren hätten stellen können, so exakt strömte der tägliche Berufsverkehr durch das Dorf. Irgendwo bellte ein Hund, als das Leben wieder in Hans tröpfelte, er wortlos zum Brunnen schlenderte und die Kanne dort abstellte. Die Arbeiter sahen erneut auf, stießen ihre Schaufeln in die aufgehäuften Erdhügel und genehmigten sich einen Schluck Bier.

Nestor verharrte unbeweglich am Grab und zwischen den Blüten wuchsen Erinnerungen an Sybille hervor, an ihr ungezwungenes Lachen, nachdem sie Abstand zu ihrem Beruf, der für ihre Karriere so wichtigen Konferenz, gefunden hatte. Sie rief ihm sein eigenes früheres Leben ins Gedächtnis, das über Jahrzehnte von Auftritten und tristen Stunden in billigen Hotels geprägt gewesen war, die abseits der Innenstädte in den verwahrlosten Außenbezirken lagen und über deren Zimmern beständig der

Gestank von Müll hing, wie der frühmorgendliche Nebel über den Feldern. Wohnungslose suchten in den Hinterhöfen Zuflucht, wo sie ihr mit den eigenen Händen erbautes Heim aus Kartonagen bewohnten, das an die Burgen ihrer Kinderzeit erinnerte und wo sie ihren Rausch ausschliefen, der das Denken in diffusen Nebel hüllte und so ihr Dasein erträglicher gestaltete. Dealer verkauften in den dunklen Ecken der Seitenstraßen ihren selbst gepanschten Stoff, dessen Wirkung unkalkulierbar, einem Lotteriespiel gleich kam, und oft endete seine Einnahme tragisch, wie im Falle des 13-jährigen Mädchens, das an den Weihnachtstagen ins Koma gefallen und bis heute nicht erwacht war. Die Hotels selbst, ungepflegt, zumeist von abgehalfterten Vertretern bewohnt, die seit Jahren vergeblich hinter ihren früheren Verkaufserfolgen herjagten und trotz gesteigertem Einsatzwillen, der sie bis zu sechzehn Stunden täglich von Tür zu Tür trieb, das Gespenst der schwachen Umsatzzahlen nicht verscheuchen konnten wie die damit, ebenfalls seit Jahren wie ein Damoklesschwert über ihren Köpfen schwebende Furcht vor der Entlassung. Oft mieteten Prostituierte die Zimmer stundenweise, weil ihre Wohnung dem Geschäft noch abträglicher gewesen wäre als die heruntergekommenen, seit Monaten nicht mehr geputzten Zimmer jener Hotels, deren defekte Leuchtreklamen von früheren, besseren Zeiten kündeten, als die Gäste in herrschaftlichen Limousinen mit Chauffeur vorgefahren waren, livrierte Diener beflissen die Türen geöffnet und das mit rosa Schleife wie ein aufgeblähtes Bonbon wirkende Hündchen auf Händen bis in das auf der Suite bereitstehende Körbchen getragen hatten. Heute warfen die blinkenden Überreste ein bizarres Lichtmuster auf die verwaisten Straßen, kaum mehr, um den düsteren Eingang zu finden, hinter dem ein griesgrämiger, bärtiger Alter hockte und entweder gebannt auf einen hinter dem Tresen versteckten Bildschirm starrte oder seinen Rausch ausschlief. Zahlbar im Voraus, und jede Kleinigkeit war verboten oder nur gegen Aufpreis erlaubt. 'Schließlich', so der zahnlose, nach Alkohol, verfaulten Speiseresten und akuten Magenproblemen stinkende Mund, 'müsse er auch leben und zusehen, wo er bleibe.' Dann folgte die Lebensbeichte, welche die eigene, ohnehin weit fortgeschrittene Müdigkeit unaufhaltsam in die Nähe des körperlichen Zusammenbruchs rückte, vom Seemann, der dreißig Jahre lang die Weltmeere bereist habe, bis ihn der Zufall, besser gesagt, dieses verfluchte Weibsbild, hier festgenagelt hätte. 'Zum Glück', meinte er dann, 'ist sie bald an ihrem blutigen Husten zugrunde gegangen', oder – interessante Variante – der Portier, im abgewetzten Anzug, Fliege und schmutzigem Tuch in der Brusttasche, der mit einem Lächeln, das jedem Ankömmling das Blut in den Adern gefrieren ließ und sofort zur Flucht mahnte, bis die Gestalt hinter dem Tresen ihr wahres Gesicht offenbarte und nach ein paar belanglosen, die Übernachtung betreffenden Angaben in weinerlichem Tonfall die Geschichte seines gescheiterten Lebens ausspuckte, wie ein Geldautomat die spärlichen Gewinne. Die Geschichten, nur selten auf dem Niveau billiger Heftromane und zumeist ebenso langweilig und stereotyp erzählt, umfassten die gesamte Palette menschlicher Tragödien, jenen Bereich, wo das Sonnenlicht ein wenig blasser scheint, die Nacht dafür umso dunkler und länger ist und selbst Gott in diesen Bereich seiner Schöpfung nur von Zeit zu Zeit einen flüchtigen Blick wirft.

Sybille war dort hinabgetaucht, hatte, der glamourösen Seite des Lebens überdrüssig, das Abenteuer gesucht, den in ihrem bisherigen Leben vermissten Nervenkitzel, der bei ihr schnell in Erregung überging, ehe er sich, bei den im Halbdunkel praktizierten sexuellen Ausschweifungen, zur haltlosen Gier steigerte, die sie im rötlichen Zwielicht verrufener Etablissements bis zur völligen Erschöpfung ausgelebt hatte, bis ihr die Sinnlosigkeit dieses Treibens bewusst geworden war und sie begriffen hatte, dass das Leben fortschritt und die Vergangenheit weder geändert noch nachgeholt werden konnte. 'Sie zog die Notbremse nach jenem furchtbaren Vorfall – leider zu spät', dachte Nestor und ihm wurde wieder bewusst, wie knapp er einem ähnlich tristen Dasein entkommen war. Die Blüten der Blumen änderten ihr Aussehen, gingen über in das Gesicht von Katrin, seinem Glücksstern und für den Bruchteil eines Augenblicks fühlte er wie sein Herzschlag sich beschleunigte und die Sehnsucht nach ihr, ihrem zärtlichen Begrüßungskuss, übermächtig wurde.

"Gehen wir?", fragte Hans und legte Nestor die Hand auf die Schulter.

"Vielleicht hätte sie nur den richtigen Mann treffen müssen", sagte Nestor im Nachhall an die Erinnerungen, wobei seine Stimme die Tragik eines zu frühen und dazu sinnlosen Todes zum Ausdruck brachte. "Die Liebe heilt viele Wunden."

Acht

Hans trat ans Fenster, betrachtete mit gelangweilter Miene die Straße, das zerrissene Absperrband, die bedingt durch den unaufhaltsamen Webstuhl der Zeit langsam dem Nachmittag zustrebten. Der Abschied von Nestor war herzlich gewesen, kurz, weil er keinen Parkplatz gefunden hatte, und so musste Nestor an der Ampel aus dem Wagen springen, seinen Koffer schultern, bevor er wie ein siegreicher Feldherr von dannen geschritten war.

Vorkor stand immer noch unbeweglich an der Tür, wartete auf die Wiederkehr des Geräusches, als Hans` Blick wie magisch von Wiegners Heften angezogen wurde. Behutsam, als handelte es sich um eine Kostbarkeit, schlug er das zweite Heft seiner Lebensbeschreibung auf.
'Zum Glück!, schoss es mir durch den Kopf, und allein der Gedanke, Steffi könnte hinter mein Geheimnis kommen, ließ in mir die Furcht die Oberhand gewinnen, brachte mich zum Taumeln, und mit zitternden Beinen strebte ich zum Schreibtisch, 'hat sie meine Aufzeichnungen nicht gefunden.' Was hätte ich ihr sagen können? Nichts als Ausflüchte – Notizen für ein Drama, und vermutlich wäre sie in ihrer Todesangst sofort mit den Kindern zu ihrer Mutter geflüchtet. Die Jahre der Planung – vergeb-

lich und am Ende wäre es darauf hinausgelaufen, dass ich nur mich selbst umgebracht hätte. Ihre Mutter – bereits der Gedanke an sie lässt meinen Geist alte Überlegungen hervor kramen, als wolle er mich von der Erschütterung meiner Nerven ablenken – konnte mich von Beginn an nicht leiden. Apathie auf den ersten Blick und seither ist kein Tag vergangen, an dem sie nicht gegen mich hetzte, unsere Ehe zu hintertreiben versuchte. In ihren Augen bin ich ein kleiner Beamter, ein Versager, der es im richtigen Leben zu nichts gebracht hat.'

Nachdenklich ließ Hans das Heft sinken, schloss für einen Moment die Lider und sah, wie Wiegner mit einem Stapel Papieren in der Hand aus der Tür trat und sich an den runden Tisch im Garten setzte und mit einem drohenden Blick das Spiel der Kinder unterband, die murrend die Hände in den Taschen vergruben, stumm und mit gesenktem Kopf an ihrem Vater vorbei ins Haus liefen und dort, wie lästige, von der Polizei gesuchte Störenfriede untertauchten. Die Mutter sagte etwas, worauf der Mann nur abwinkte und auf seine Papiere zeigte. Wiegner rückte den Stuhl zurecht, blinzelte in die Runde, als erwarte er jeden Augenblick ein seine Konzentration störendes Ereignis, ruckelte mit den Armen wie ein Nichtschwimmer in tiefem Gewässer, drehte anschließend den Stift mehrmals um seine eigene Achse, als sei die Ausrichtung von Bedeutung und hoffte insgeheim, dass seine Frau bald ihre Arbeit einstellen und wie die Kinder zuvor im Haus verschwinden würde. Verdrossen las er den letzten Abschnitt. Langsam, fast bedächtig, den einmal mehr die Hetzjagd beschreibenden, die sie gegen seine Person veranstalteten, und als er die Schrift bewusst in den Fokus seiner Betrachtung rückte, bemerkte er, wie unregelmäßig sie im Gegensatz zu früher war; gezeichnet von der Furcht, die ihn seit Jahren umtrieb, sie umhüllte ihn wie eine zweite Haut, derer er sich nicht zu entledigen wusste und die ihn wie ein Schatten von Stadt zu Stadt verfolgte.

Hans blätterte um.

'Der Vater – souffliert mir mein dienstbeflissener Geist – früh gestorben, wie der meine, hat die Werbefirma gegründet und zu einem mittelständischen Unternehmen, mit dreißig Angestellten, aufgebaut. Täglich verbrachte er mindestens zwölf Stunden im Büro, und selbst in der knapp bemessenen Freizeit, gelang es ihm nicht, abzuschalten, telefonierte er unentwegt. 'Die Firma hat ihn das Leben gekostet', jammerte Steffis Mutter bei jeder sich ihr bietenden Gelegenheit und hielt dabei nur mit Mühe ihre Tränen zurück. Steffi pflegte dann wortlos ihre Hand zu drücken.

'Ich sehe ihn noch zur Tür herein kommen, als wäre es gestern gewesen', erzählte sie mit leiser, stockender Stimme, den immer gleichen Worten. 'Dort am Kühlschrank hat er gestanden, dein Vater, sein Bier getrunken und mir berichtet, wie er den alten Knacker von Vorstandsvorsitzenden der GHW auf seine Linie gebracht habe. 'Am Ende hat dieser Trottel nur noch andächtig genickt, als verkünde ich ihm das Evangelium', höre ich ihn gerade sagen, ehe das Geräusch von splitterndem Glas mich zu Tode erschreckt. Da', sagte ihre Mutter, wobei ihre Stimme einen pastoralen Tonfall annahm, 'lag er bereits am Boden. Lautlos ist er hinüber geglitten. Die Sanitäter konnten nichts mehr für ihn tun. Herzinfarkt, und das mit 44 Jahren! Immer wieder habe ich zu ihm gesagt – ja, beschworen habe ich deinen Vater, tritt kürzer, Wolfgang! Dieser – wie heißt er doch gleich? Linke. Richtig! Den lobst du doch täglich in den Himmel, wie fähig er ist und ich höre deiner Stimme doch an, dass du ihn insgeheim bewunderst, weil er dich an deine Anfangszeit, den Draufgänger von früher erinnert, dem die Welt offenstand und der sie erfolgreich erobert hat. Nicht wahr? Übertrage ihm einen Teil der Aufgaben, bevor die Arbeit deine Gesundheit ruiniert. Aber du kennst ja deinen Vater, Stefanie, hat nur abgewunken, sein Lächeln gelächelt und zu mir gesagt, dass ihn so schnell nichts umbringt. 'Großvater ist jetzt 92', meinte er, 'und erfreut sich bester Gesundheit. Ja, und dann stand dieser alte Mann am Grab seines Sohnes und heulte wie ein kleines Kind.

Ins Gesicht hinein ist sie höflich und freundlich zu mir, doch ich sehe die Falschheit in ihrem Blick, den Argwohn, mit dem sie mir begegnet. Aber darf ich richten? Ich, der ich mein Leben selbst auf Verheimlichung und Lüge baue? Notgedrungen – weil das Eingeständnis der Schuld nicht nur mein Leben zerstören würde, sondern auch das meiner Familie. Ein solches Vermächtnis darf ich meinen Kindern nicht aufbürden. Jetzt, wo der Zufall meinen Plan fast vereitelt hätte, als Steffi in meinem Schreibtisch nach der Rechnung vom Baumarkt suchte und schon eines meine Hefte in den Händen hielt, bereit, ihre Neugier an den darin enthaltenen Ereignissen zu stillen, darf ich nicht länger – wie in den vergangenen Wochen und Monaten – zögern und die Entscheidung auf den kommenden Tag, die nächste Woche verschieben. In diesen schweren Augenblicken, wenn ich mich selbst zur Tat dränge, ist mein Kopf plötzlich leer und ich starre dumpf vor mich hin, sehne die Nacht mit ihrem ruhelosen Schlaf herbei. 'Dieser muss es dann sein!', befehle ich mir, und allein die Vorstellung lässt den Schweiß aus sämtlichen Poren treten. Mittlerweile, nach all den Jahren, verstehe ich die Täter, welche ihre Morde an berufsmäßige Killer abtreten, weil sie selbst dazu nicht in der Lage sind. Ja! Die Ausführung der Tat ist ihnen unmöglich, obwohl sie die Verantwortung dafür zu übernehmen bereit sind.'

Das Telefon klingelte bereits zum dritten Mal hintereinander für längere Zeit. Hans schlurfte zum Sessel hinüber und kramte es unter einem Stapel Zeitschriften hervor.

"Ja?", sagte er mürrisch und um eine Spur zu laut.

"Hier Eris! Habe ich dich bei der Arbeit gestört?", fragte sie mit ihrer Stimme, die so rau klang, dass man damit Holz hätte schleifen können.

"Nein, nicht direkt", antwortete Hans etwas weniger ungehalten. "Du hast mich lediglich bei einer aufschlussreichen Lektüre unterbrochen", umschrieb er Wiegners Schriften, die ihn zugleich erschütterten und in ihrer morbiden Sachlichkeit eine Faszination auf ihn ausübten, die ihn fesselte und der er sich kaum zu entziehen wusste.

"Tut mir leid, Hans. Ich wollte zu Sybilles Grab, und als ich Mutter sagte, dass ich dich frage, ob du mitgehst, meinte sie: Dann kommt ihr aber nachher zum Kaffee vorbei. Du weißt, wie sie sich freut, wenn du zu Besuch kommst. Ist das ok, oder musst du arbeiten?"

"Nestor kam gestern überraschend hier an", erzählte Hans und schlenderte zum Fenster hinüber, "und mit ihm war ich heute morgen bereits am Grab. Es ist alles in Ordnung."

"Nestor war hier!", hörte er sie verärgert ausrufen. "Und natürlich bin ich ausgerechnet dann auf einem Lehrgang. Mist. Wie geht es ihm?"

"Ausgezeichnet. Hör mal, Eris! Ich könnte eine Pause vertragen und ... wir könnten spazieren gehen."

"Toll! In fünf Minuten, am Friedhof. Ich muss, sonst ist Mutter verärgert", rief Eris lachend in die Muschel und warf den Hörer geräuschvoll auf die Gabel.

'Typisch Eris', schoss es Hans durch den Kopf.

"Manchmal vergesse ich bereits ihr Gesicht", eröffnete Eris das Gespräch und sah Hans an. "Dabei ist es gerade ein Jahr …"
Wortlos ergriff er ihre Hand und drückte sie sanft. 'Die Welt', dachte Hans und geriet plötzlich in eine sentimentale Stimmung, ohne dass er hätte sagen können, weshalb und ob es an Eris, der Erinnerung an Sybille, Nestor oder den Schriften Wiegners lag. 'Die Welt', wiederholte er und fühlte, wie Beklommenheit von seinem Körper Besitz ergriff, dagegen anbrandete, die weißliche Gischt in sein Gehirn sprühte und sich dort, als sei sie nicht nur ein Fremdkörper, sondern auch säurehaltig, in seine Gedanken fraß, 'verändert in atemberaubendem Tempo ihr Gesicht', und, als beherberge diese profane Feststellung, bereits das sich daraus ergebende Resultat, folgerte Hans: 'Dadurch wird das tägliche Ringen des Einzelnen ein aussichtsloser, von vornherein verlorener Kampf. Der Mensch', stöhnte er innerlich auf, als trage er nicht nur sein, sondern das Schicksal der gesamten Menschheit auf seinen Schultern, als wäre Atlas in der Person Hans Kümmelkorns auferstanden, um die einstmals erlittene Strafe fortzuführen, damit die Erde Ruhe habe vor dem Himmel, 'dieses intelligent gewordene Tier, ist aufgrund seines Wesens begrenzt, sowohl in seinen Fähigkeiten als auch in der Dauer des von Geburt an dem Tod zustrebenden Körpers, und im Gegensatz zum Tier, dessen Stadium er gerade mühsam entwachsen ist, weiß er um sein Schicksal, seine Endlichkeit

und leidet unter dem Mangel, dass Gott – oder, wenn er den Schöpfer verneint – die Evolution in ihrem zufälligen Spiel, diesem blinden Tasten nach Vollkommenheit, bisher nicht über bescheidene Anfangserfolge hinaus gelangt ist.'

"Du bist so schweigsam", unterbrach Eris die Stille, schreckte Hans dadurch auf, der, wie betäubt und im Nachhall seiner Gedanken, sagte: "Wir glauben, alles beherrschen zu können, die Technik, unsere Umwelt, und dann scheitern wir bereits am eigenen Wesen." Die merkwürdige Beklommenheit nahm weiter zu, hielt ihn im Würgegriff.

"Eigentlich sind wir alle auf der Flucht", fuhr Hans fort und dachte an Wiegner. "Auf der Flucht vor dem Heute, dem Morgen, vor uns selbst." Er hob die Schultern, hielt sie in dieser Stellung, bis die Muskulatur zu schmerzen begann, ließ sie fallen wie ein überflüssig gewordenes Wort, das man zu lange auf der Zunge hin und her geschoben hatte, bis es bitter schmeckte, wie eine Kröte geschluckt werden musste, die auf dem Weg zum Laichplatz von einem Fahrzeug überrollt mit zerquetschtem Hinterkörper im Straßengraben liegt, das Maul weit aufgerissen zur stummen Klage, weil die herausquellenden Gedärme den Todesschrei bis zur Stille dämpfen.

"Du bist heute so seltsam, Hans. Geht es dir nicht gut?", fragte Eris besorgt und zog ihn sanft zu sich heran. "Du siehst abgespannt aus. Vielleicht solltest du dir eine Auszeit nehmen." Sie presste ihren Kopf an seine Brust und horchte auf die kleinen Geräusche darunter; auf das schwache Rascheln seines Unterhemdes, auf seine leisen Atemzüge.

"Dein Magen knurrt!" sagte sie.

"Ich habe seit dem Frühstück nichts gegessen", erwiderte Hans und legte sein Kinn auf ihren Kopf. Der feine Duft ihres Parfüms stieg ihm in die Nase, kitzelte sie und brachte ihn zum Niesen.

"Gesundheit", lachte sie. "Wir sollten gehen. Mutter wird bereits auf uns warten."

"Was macht dein neuer Lebenspartner?", frotzelte Eris und boxte ihn mit der Faust in die Seite. "Kommt er mit seinem Fachbuch voran?"

"Morgens arbeitet er daran; zumindest höre ich das Geklapper seiner Tastatur. Den Rest des Tages betrinkt er sich. Er ist voller Widersprüche und Selbstzweifel ... und ich bin mir allmählich nicht mehr so sicher, ob es eine gute Idee war, ihn einzuladen. Ich muss mit ihm reden", antwortete Hans barsch und Eris hörte, dass Alois' Verhalten ihn kränkte.

"Willst du ihn vor die Tür setzen?"

"Nein", meinte Hans und trottete wie ein Hund neben Eris her, sich alle paar Meter schüttelnd, als könne er damit die Beklommenheit abwerfen wie einen zu schwer gewordenen Sack, der über den körperlichen Schmerz bereits auf das Gemüt drückte.

"Bedrückt dich etwas?", hakte Eris nach. "Hat es mit diesem Wiegner zu tun?"

"Vielleicht ... ja, womöglich", log er und versuchte ein Lächeln, das ihm misslang und sein Gesicht zur Fratze verzerrte. "Der Tod von drei Kindern ... und ..."

"Und?"

"Mit dem Roman komme ich nicht voran ... Irgendwie hänge ich zur Zeit in der Luft. Hans lächelte erneut und diesmal gelang es ihm besser.

"Da seid ihr ja endlich!", begrüßte sie Eris' Mutter und eilte ihnen aus der Küche entgegen, die Hände rasch an der Schürze abtrocknend. "Setzt euch!", befahl sie, schüttelte überschwänglich Hans' Hand, wie früher die Bettlaken mit ihrem Mann beim Zusammenlegen, und fragte: "Möchten Sie lieber Hefezopf oder Butterbrezeln?"

"Butterbrezeln. Aber bitte keine Umstände."

"Ach Sie", flüsterte sie mehr zu sich, stürzte in die Küche und kam mit einem gehäuften Teller zurück, auf dem sie beides zu einem kleinen Kunstwerk aufgetürmt hatte. "Setzt euch endlich!", schimpfte sie und warf ihrer Tochter einen strafenden Blick zu. "Oder wollt ihr hier draußen Wurzeln schlagen?"

"Wie ist das Grab?", fragte Eris Mutter und häufte Hans zwei Butterbrezeln auf den Teller. "Lassen Sie es sich schmecken, Herr Kümmelkorn", forderte sie ihn zum Essen auf, schenkte Kaffee ein und griff selbst nach einem Stück Hefezopf, tunkte es ein und erklärte kauend: "Selbst gebacken. Nach einem alten Rezept meiner Großmutter. Greifen Sie ruhig zu, es ist genug da. Haben die Pflanzen das Gewitter gut überstanden? Goss ja gestern Abend wie aus Kübeln."

"Alles in Ordnung, Mutter", erwiderte Eris mit einem gequälten Seitenblick auf Hans.

"Wie du das schon wieder sagst", grollte ihre Mutter und hielt in der Bewegung inne, sodass ihr kaffeegetränktes Stück Hefezopf über der Tasse abtropfte, aufweichte, schließlich abbrach und in die Tasse plumpste. "Jetzt wird es bald ein Jahr", hauchte sie wehmütig wie ein ersterbender Sommerwind und holte tief Atem, dabei sank ihre Hand mit dem Reststück langsam tiefer, bis sie auf dem Tisch zu liegen kam. "Weshalb musste das Kind sich das antun?", fragte sie ihre Tochter, Gott, sich selbst, und ihre Stimme wurde mit jedem Wort schwächer: "Sie hätte doch hierher, zu uns, deinem Vater und mir kommen können … Und dann wäre alles gut geworden …" Magrit Erdmann begann zu weinen; sie konnte die Tränen einfach nicht zurück halten. Sie zweifelte an Gottes Gerechtigkeit; war er wirklich so? Mit nassen Augen blickte sie auf Hans, der betreten auf seinen Teller sah und auf einer ähnlichen Insel der Einsamkeit gestrandet zu sein schien. Eris stand auf, nahm ihre Mutter in die Arme und wiegte sie, wie Mütter es mit ihren Babys tun, damit sie schneller einschlafen. "Ach, Herr Kümmelkorn", stieß sie schniefend aus und wischte mit dem Handrücken über ihr Gesicht, "Sie müssen ja einen schönen Eindruck von mir bekommen." Sie löste sich behutsam aus Eris Armen, eilte in die Küche und Hans konnte hören, wie sie mit sich selbst redete, dann kräftig schnäuzte, ehe das Klappern von Geschirr ihre Worte überlagerte.

"Ich kann nur wenig tun", erklärte Eris und zuckte ratlos mit den Schultern, wobei sie, um ihre eigene Nervosität zu bekämpfen, ins Erzählen kam: "Jeden Tag wacht Mutter auf, wie sie sagt, und wünscht sich, dass sie bald sterbe. Nur Vater und ich würden sie von einer Dummheit abhalten. Dein Vater ist doch völlig hilflos ohne mich, sagt sie oft und betrachtet dabei ihre Hände, als würden nur sie gebraucht. Ich trauere nicht um Sybille, weil ich sie verloren habe, sondern weil ich zurückbleiben musste, selbst kaum mehr als eine Erinnerung, die ihr nachhängt, wo immer sie jetzt ist."

Hans nickte, wollte etwas Tröstendes sagen und unterließ es dann, weil Schweigen oft der bessere Trostspender ist und ihm zudem nichts Sinnvolles einfiel.

"So, Kinder!", sagte Eris Mutter nun eine Spur zu laut, mit müdem Lächeln, die Hände im Haar, das wirr um ihren Kopf flatterte. "Sie müssen doch vorgestern Nacht schier aus dem Bett gefallen sein, Herr Kümmelkorn?"

"Ich, weshalb?", antwortete Hans fragend.

"Die Familie Wiegner wohnte doch schräg gegenüber von Ihnen", half sie ihm auf die Sprünge und klopfte dabei dreimal auf den Tisch, als gelte es, weiteres Unglück abzuwehren. "Seine Eltern kannte ich gut", verkündete sie die für Hans überraschende Neuigkeit, der aufhorchte, und als sie sein offenkundiges Interesse bemerkte rückte sie ihren Stuhl näher an den Tisch und fischte in aller Gemütsruhe nach den aufgeweichten Hefestückchen, bis die Spannung im Raum greifbar wurde. "Er ist ja nicht von hier", holte sie weit aus und wenn Eris Mutter zu einer längeren Rede ansetzte, so legte sie spätestens nach dem dritten Satz die Hände auf den Tisch und rückte mit der Zunge ihre Zahnbrücke zurecht. "Als Kind wohnte er in Naumburg. Seine Eltern hatten dort ein Schuhgeschäft, und so gesehen kenne ich den Ernst Wiegner bereits seit Ende meiner Schulzeit, wenn auch nur als schreiendes Bündel im Kinderwagen. Mein Gott, das Schuhgeschäft", rief sie und legte den Kopf schief. "Es hatte die Größe unseres Wohnzimmers. Die Wände waren gepflastert mit Schuhkartons und mitten im Raum befand sich eine Klappe mit Ziehring, von dort führte eine steile Treppe in die Werkstatt. An seinen Vater kann ich mich gut erinnern … Ein kleiner beleibter Mann, rot geädertes Gesicht – soll gern einen über den Durst getrunken haben, und das wurde ihm indirekt zum Verhängnis. Stürzte die Treppe hinunter und fiel so unglücklich, dass er sich das Genick gebrochen hat. Seine Mutter", fuhr sie in ihrer Erzählung fort, nachdem sie einen Schluck getrunken hatte, "war damals eine feine Frau. So ganz anders als ihr Mann, und ich habe mich schon damals gefragt, weshalb sie den Wiegner geheiratet hat. Aber die Liebe wächst ja auf den seltsamsten Bäumen", bemerkte sie und grinste erst Eris und dann Hans an. "Sie musste das Geschäft aufgeben – muss weit über dreißig Jahre her sein. Mein Gott wie die Zeit vergeht. Der Ernst hat in Leipzig studiert ... Lehrer, und als er hierher zog ... Ich glaube, ich habe keine fünf Sätze mit ihm gewechselt."

"Mutter!", mahnte Eris und unterdrückte nur mühsam ein Gähnen. "Vielleicht könntest du dich kürzer fassen, bevor Hans hier übernachten muss."

"Nein! Nur keine Eile, Eris. Ich habe Zeit. Wenn ich vielleicht noch einen Kaffee haben könnte?"

"Aber weshalb sagen Sie das nicht gleich?", rügte sie Hand mit gespielter Entrüstung, goss ihm nach und knüpfte nahtlos an der Stelle an, wo sie unterbrochen worden war. "Viel gibt es nicht mehr über ihn zu berichten", fuhr sie fort, schielte aus den Augenwinkeln an die Decke, wo Spinnweben hingen und stellte mit Unbehagen fest: 'Ich muss dringend Staubwischen.'

"Die Anna Schmid – die musst du doch auch kennen, Eris", bemerkte sie, und als ihre Tochter den Kopf schüttelte, beschrieb sie die alte Dame näher. "Doch, Eris! Ihr Vater hat früher die Fäkaliensilos vor den Häusern geleert, und ihren Sohn, den Peter ...? Jedenfalls hat sie ein paar Wochen bei Wiegners im Haushalt geholfen, als die Anna zur Kur war. Muss kurz nach ihrem Umzug gewesen sein. 'Der Wiegner, dieser komische Kauz', haspelte sie tonlos mit ihrem zerbrechlichen Stimmchen, 'immer korrekt gekleidet. Selbst zu Hause legt er nur selten den Anzug ab; nur zum Schlafen. Muss eine Marotte von ihm sein', kicherte sie. Die Anna ... muss jetzt auch so um die Sechzig sein", murmelte

Magrit Erdmann und seufzte lang anhaltend, und es hörte sich an, als ob das Haus selbst sich entspannte, nachdem es lange Zeit den Atem angehalten hatte. "So zu sterben, das hat niemand verdient", stellte sie mit brüchiger Stimme fest. "Der Anna gegenüber – fällt mir gerade ein – soll er einmal geäußert haben, dass er oft schlecht schlafe, weil er schreckliche Träume habe, und dann muss irgendwann sein Leben selbst zum Albtraum geworden sein." 'Träume', sagte ein prophetischer Gedanke in ihr, 'Träume sind anders. Träume kannst du loswerden; das Leben nicht.'

"Kannten sich Wiegner und Seebald?"

"Das kann ich Ihnen nicht sagen, Herr Kümmelkorn. Vielleicht vom Sehen …", überlegte sie und faltete die Hände wie zum stillen Gebet im Schoß. "Weshalb fragen Sie?"

"Nur so ein Gedanke, nichts weiter", entzog sich Hans ihrer weiteren Befragung und versank im Leben Wiegners, dessen Gesicht vor seinem inneren Auge auftauchte. Es wirkte entspannt, ausdruckslos ruhig, als würde er dem seit Jahren in ihm keimenden Plan, der wie ein Schwelbrand unter der Oberfläche nur auf den notwendigen Luftzug wartete, um das Inferno zu entfachen, nicht länger Widerstand leisten.

"Huhu! Jemand zu Hause?", rief Eris fröhlich und blies im Luft ins Ohr, so dass er schaudernd zusammenfuhr.

"Ja", antwortete Hans apathisch, warf einen

Blick durch den gemütlich eingerichteten Raum, als müsse er sich orientieren, nach Wiegner Ausschau halten, dessen Existenz er mit einer Präsenz spürte, welche die von Eris oder ihrer Mutter in nichts nachstand.

"Der Wiegner", hörte er Margrit Erdmann noch sagen, "das war auch so ein Sonderling; hätten gut zusammengepasst die beiden. Noch ein Stück Kuchen?"

Hans lehnte ab.

"Ich muss! Die Arbeit fordert ihren Tribut", drängte er mit einem Blick auf die Uhr zum Aufbruch und schob knarrend seinen Stuhl zurück.

"Besuchen Sie uns bald wieder. Vielleicht abends, wenn mein Mann da ist. Was glauben Sie hat er kürzlich gekauft? Den ersten Teil ihres Romanzyklus! Wo er doch nie ein Buch in die Hand nimmt."

"Ich ruf dich an", verabschiedete Eris sich von ihm, hauchte ihm einen Kuss auf die Wange und stupste ihn zärtlich mit dem Zeigefinger auf die Nasenspitze.

"Schön", antwortete er überrascht und spürte dem warmen Gefühl auf seiner Wange nach, das ihre Lippen dort hinterlassen hatten. "Bis dann!"

Er nahm einen kleinen Umweg in Kauf, damit er seine Schulden bei Mutter Hansen bezahlen konnte. Das Geräusch der Türglocke versetzte ihn zuverlässig wie eine Zeitmaschine in die Kindheit, als Mutter Hansen die Tür öffnete. Mit der rechten Hand das Geländer fest umklammernd stieg sie die wenigen Stufen zur Straße herab.

"Ah, Herr Kümmelkorn! Was treibt sie um diese Zeit hierher?".

"Nur meine Schulden begleichen."

"Das hätte doch Zeit gehabt", meinte sie, wischte mit einem feuchten Schwamm die Schrift auf dem Aufsteller ab und schrieb in ihrer von Schnörkeln durchsetzten, an das Altdeutsche erinnernden Schrift: 'Heute zum Feierabend! Fünf Butterbrötchen zum Preis von drei.'

"Auch so ein neumodischer Schnickschnack", lachte Mutter Hansen, als sie sich mit Hans' Unterstützung ächzend aufrichtete. "Aber die Sandra ist der Meinung, dass dieses Ding wie ein Signal wirkt und uns zusätzliche Kundschaft in den Laden spült, wie sie sich ausdrückt. Ach diese Kinder und ihre verrückten Ideen!", rief sie lachend und stülpte die Kappe über den Filzstift. "Jeden Tag etwas Neues. Wie soll eine alte Frau wie ich da Schritt halten?"

"Alte Frau?", widersprach Hans. "Sie sind in den besten Jahren."

"Ach, Herr Kümmelkorn! Zeit für einen Kaffee?", fragte sie, warf einen letzten prüfenden Blick auf das Angebot des Abends und kletterte die Stufen zu ihrem Heiligtum hinauf. "Früher", erklärte sie kurzatmig, "war ich mit zwei Sätzen oben."

Der Automat absolvierte geräuschvoll sein Selbstreinigungsprogramm.

"Haben Sie das von den Wiegners gehört?

Schrecklich ... einfach unfassbar. Die ganze Familie und diese netten Kinder. Sehr gut erzogen, haben immer gegrüßt. Ich kann es überhaupt nicht glauben! Vor ein paar Monaten der Herr Seebald und jetzt ... Was ist nur aus dieser Welt geworden, Herr Kümmelkorn?", fragte sie Hans und geriet, bevor er Atem schöpfen konnte, ins Träumen. "Erinnern Sie sich noch an unser Gespräch? Müsste jetzt ein Jahr her sein, da dachte ich ernsthaft darüber nach, unseren Laden aufzugeben. Mein Mann", der in Mutter Hansens Denken ebenso gegenwärtig war wie Hans, und ein Außenstehender, der nicht wusste, dass ihr Mann bereits seit vielen Jahren nicht mehr unter den Lebenden weilte, würde ihn aufgrund Schilderung in der Backstube vermuten, "der war mit meinem Entschluss einverstanden", sagte sie, und überließ sich der Erinnerung an früher, als sie gemeinsam hinter der Theke gestanden und ihre Existenz aufgebaut hatten, in einer Zeit, die alles andere als günstig gewesen war, da hatte er oft wortlos ihre Hand ergriffen, wenn sie von Zweifel und Zukunftsängsten geplagt ihre Sorgen ausgesprochen, sie zu sich heranzogen und in seine kräftigen Arme geschlossen hatte, die so zärtlich sein konnten und ihr ein Leben lang ein Gefühl der Sicherheit vermittelt hatten, das ihr liebevoll ins Ohr flüsterte: 'Keine Sorge, Liebes. Wir werden es schaffen'. "Ich weiß noch – als wäre es gestern gewesen – wie er unsere Tochter zum ersten Mal in den Händen hielt.

"Sie lachte auf, übertönte kurzzeitig den Automaten, der gurgelnd und dampfend seine Arbeit beendete. "Ganz behutsam, als handelte es sich um ein wertvolles Stück Meißner Porzellan. Und dieses Jahr", sagte Mutter Hansen nachdenklich, dabei den Kaffee für Hans zubereitend, "feiert sie ihren 55. Geburtstag. Wie die Zeit verfliegt! Ich sehe sie noch mit ihrer Schultüte – damals gab es noch die alte Schule, auch längst abgerissen. Ihr Lehrer, Gottfried Müller, hat im Krieg ein Bein verloren … Ist auch nicht alt geworden. Der Krieg, Herr Kümmelkorn, hat auch nach 45 Opfer gefordert. Den Mack zum Beispiel. Wohnte neben der Schule; dort, wo jetzt das Haus vom Grasmann steht, diesem Vertreter von Gartenmöbeln – sie wissen schon. Der hat sich 48 erhängt, als er die Nachricht vom Tod seines Sohnes bekam. War das einzige Kind, und Alma, seine Frau, die ist darüber ganz spinnig geworden; saß den lieben langen Tag vor dem Haus, hütete ihr Lieblingshuhn und brabbelte wie ein Kind vor sich hin. Aber, was wollte ich eigentlich sagen? Meine Sandra! Richtig. Die hat mir der Himmel geschickt …" Mutter Hansen brach ab, stellte die Tasse vor Hans auf die Theke. "Wirklich kein Stückchen?"

"Danke."

"Erinnert mich an meine Jugendzeit … so voller Flausen im Kopf, und wie ich dann meinen Mann kennenlernte … Aber ich wiederhole mich. Die Sandra, als ob ich in einen Spiegel blickte."

Hans nippte an dem heißen Kaffee, blies darüber hinweg und fragte: "Was hat Sandra überhaupt hierher verschlagen? Nachtkirchen ist ja nicht gerade ein Mekka für junge Leute. Wo ist sie überhaupt?"

Mutter Hansen hob die Schultern, verlagerte ihr Körpergewicht auf die andere Hand, nickte freundlich einer Frau zu, die draußen vorüber ging, weil sich ihre Blicke zufällig kreuzten. "Sie stammt aus Leipzig, glaube ich. Zumindest hat sie das mal erwähnt. Spricht nicht viel über ihre Familie. Ich weiß auch nur, dass ihre Eltern geschieden sind und der Vater früh, unmittelbar nach dem Fall der Mauer, in den Westen ging und die Mutter mit ihren zwei Kindern sitzen ließ. Hin und wieder spricht sie von ihrem Bruder, der ein paar Jahre älter sein muss; aber stets in der Vergangenheit, als ob er gestorben sei. Vielleicht sind sie auch nur zerstritten", gab Mutter Hansen der plausibelsten Vermutung Ausdruck, wobei sie nachdenklich ihr Kinn befingerte und die Nase rümpfte, als wolle sie damit sagen, dass die Sandra, obwohl ein herzensgutes Kind, in ihrem jungen Leben schon so manches erlebt haben musste. "In den letzten Wochen", betonte sie, als gäbe dieser Umstand mehr Anlass zur Sorge, "fehlt sie immer häufiger. Meldet sich krank oder ruft überhaupt nicht an, bis ich mir solche Sorgen mache, dass ich mich bei ihr erkundige. Früher war sie die Pünktlichkeit in Person", klärte sie Hans auf. "So kenne ich sie überhaupt nicht … so zerstreut. Möchte nur wissen, was das Kind hat. Am Ende ist sie nur verliebt", redete Mutter Hansen sich ein, "und ich habe mir völlig grundlos Sorgen gemacht. Ich weiß doch, wie das ist."

Hans stellte die Tasse zurück, und in genau diesem Augenblick klimperte die Türglocke.

"Ja!", flüsterte Mutter Hansen und erwachte wie aus einem angenehmen Traum. "Frau Böttcher! Das ist aber nett, dass Sie mal wieder bei mir reinschauen", begrüßte sie ihre frühere Nachbarin, die seit zwei Jahren im Altersheim lebte und nur sporadisch, wenn ihre Tochter sie kutschieren konnte, die alten Bekannten besuchte.

"Die Bärbel hat hier geschäftlich zu tun", antwortete Frau Böttcher. "Aber bediene erst den jungen Mann", fügte sie hinzu und schloss, schwer auf ihren Stock gestützt, die Tür.

"Das macht ... Kaffee und die Teilchen von gestern ... wo habe ich denn nur den Zettel hingelegt ... Ach hier! So, das macht zusammen 4, 80."

Hans zählte das Geld ab, verabschiedete sich und trat auf die Straße, deren gleichmäßigen Geräuschpegel er nach den Gesprächen direkt als wohltuend empfand.

Neun

'Sandra', sagte ein Gedanke zu Hans, 'gehörte zu den Menschen, die allein mit ihrer Anwesenheit Freude bereiten. Leuchtende, klare Augen, durchscheinend blau wie der Himmel am schönsten Sommertag des Jahres, blonde lange Haare, ein Lächeln, das selbst Steine verzaubern kann und wen sie spricht, raschelt ihre Stimme zart wie Seidenstoff.' Sie kleidete sich wie eine Indianerin, trug, wie es in den Siebzigern Mode war, ein Stirnband, große Ketten, die lauter klimperten als Mutter Hansens Türglocke, und wenn sie aus der Küche kam, die heißen Brötchen im Korb vor sich hertragend, glühten ihre Wangen wie zwei Lämpchen.

Schmunzelnd schob er ihr Gesicht beiseite und konzentrierte sich auf Wiegners Schriften. Er griff nach dem nächsten Heft, schlug es auf, blätterte ein paar Seiten hin und her, bis er auf folgende Worte stieß, die seine Neugier sofort fesselten.

"Bruchteile von Sekunden nur, habe ich das Gesicht des Jungen im Rückspiegel gesehen, eine Ewigkeit zu lang. Überraschung sprach daraus, die den Schmerz besänftigte und die Sorge um den Ball in den Vordergrund schob. Wieder und wieder bewegte er die Lippen, zwischen denen feine Blutbläschen blubberten wie Seifenblasen in der Badewanne. Dann trat ich das Gaspedal bis zum Anschlag durch und flüchtete mit durchdrehenden Reifen vom Unfallort.

Jetzt, im Nachhinein, wenn ich die Augen schließe – Schwärze. Ein tiefer Schacht, und ich wirble wie ein vertrocknetes Blatt hinein. Die Dunkelheit ist so präsent, dass ich kaum zu Atmen vermag, und plötzlich sehe ich die Straße. Die Häuserzellen wirken verwahrlost, überall fehlen große Teile des Putzes, von den Fensterläden blättert die Farbe ab und hinter den verdreckten Scheiben hängen zerlumpte, seit Jahren nicht mehr gewaschene Gardinen. In einigen Fenstern brennt Licht, und als ich auf die Uhr sehe, sagt sie mir, dass es bereits nach Mitternacht ist. Vor mir am Straßenrand parkt ein verrosteter VW aus den Achtzigern, Kinderschuhe baumeln am Spiegel und Elvis schwingt auf dem Armaturenbrett lasziv die Hüften. In einem der Häuser kläfft ein Hund, kurz und ungewöhnlich hoch; er träumt, jagt Geistererscheinungen nach.

Langsam setze ich den Wagen in Bewegung, beschleunige. Plötzlich der Ball, und im Bruchteil einer Sekunde überschlagen sich die Ereignisse, werden bis zur Gleichzeitigkeit verdichtet. Der Ball rollt auf die Straße, der Junge taucht zwischen zwei parkenden Fahrzeugen auf, blockierende Bremsen, der dumpfe Schlag, gefolgt von einem Moment der Stille. Ich starre in den Rückspiegel, schmecke meine bittere Zunge und trete das Gaspedal durch. Schlagartig bin ich hellwach. Mein Magen krampft sich beim Anblick des blutigen, in seltsamer Verkrümmung liegenden Körpers schmerzhaft zusammen, als ich mit ansehen muss, wie die kindlichen Augen verwundert meinen Blick erwidern, bevor sie für immer erlöschen. Seltsam, denke ich, und lese in den blinden Augen: Tod und Vergänglichkeit. Sie mahnen mich, sprechen von Sterblichkeit, der Flüchtigkeit des Daseins, dem Prozess der Verwesung und dem verzweifelten Ringen des Menschen gegen das Unausweichliche. Nichts kann dem Vergessen entgehen.

"Du hättest was zum Trinken mitbringen können", raunzte Franziska vorwurfsvoll hinter mir, sich dabei säubernd, den Blick auf seinen angespannten Rücken geheftet. "Was starrst du immerzu auf die Straße?", maulte sie weiter mit ihrer vom Alkohol angefressenen, männlichen Stimme, rollte ihren Körper vom Bett und gesellte sich nackt zu mir. "Siehst du die Kreidestriche dort drüben?", fragte sie mich und zeigte mit der Hand auf die Stelle, wo der Umriss des Jungen im matten Schein der Straßenlaterne aufleuchtete. "Dort wurde letzte Woche ein Kind überfahren. Ja!", sagte sie wie zur Bestätigung. "In der Küche müsste noch eine halbe Flasche Wein sein", fuhr sie ungerührt fort, schlüpfte in ihre rosa Plüschpantoffeln und wackelte in die Küche. Ich starrte Franziska lüstern nach, begutachtete ihr wabbliges Hinterteil und dachte bei mir: 'Was finde ich nur an diesem gammeligen Fleisch?'

Wenig später kam sie zurück, hielt mir die Flasche hin und ich trinke den schal schmeckenden

Rest in kräftigen Zügen, bis sie protestierte und die Flasche meinen Händen entwand. Für diese Unverschämtheit kniff ich Franziska in den Hintern, spürte, wie die Lust in meine Lenden zurück strömte, und sagte wie im Scherz, oder um zu beweisen, was für ein Kerl ich in Wirklichkeit bin: "Das Kind dort unten, das habe ich überfahren."

Sie setzte die Flasche ab. Ein dünnes Rinnsal des Weins sickerte wie Blut aus ihrem Mundwinkel, lief zum Kinn herab, tropfte auf ihren Busen, der trotz ihres fortgeschrittenen Alters und seiner Größe noch immer straff war. Das Bild erregte mich. Hart umfasste ich ihre Taille, zog sie an mich und presste den Mund auf ihre Brust, leckte den Wein ab, biss ihr in den Nippel, bis sie unterdrückt aufstöhnte, mit einer ungelenken Bewegung die Flasche auf das Fensterbrett knallte, ehe sie mich zum Bett drängte. Gemeinsam fielen wir in das zerwühlte Laken. Franziska schrie wollüstig auf, als ich sie auf den Bauch drehte, ihre Beine spreizte und mit einem Stoß in diesen mächtigen Hintern eindrang.

Später, als ich mich ankleidete, sie im dünnen Nachthemd im Bett lag und mir zusah, kam sie erneut auf den Unfall zu sprechen. "Hast du das Kind tatsächlich überfahren, Ernst, oder es nur so aus Spaß dahingesagt … aus welchen Gründen auch immer?"

"Verschone mich damit!", knurrte ich wie ein zum Angriff bereiter Kampfhund. "Nur eines dieser verzogenen Gören weniger!" Mit einstudierten Handgriffen band ich meine Krawatte und musste plötzlich an meine Klasse denken; den Wohlstand der Eltern, den sie täglich, mit ausgefallenen Designerklamotten, zu Schau stellten. Jedes Teil, das habe ich eigenhändig überprüft, kostete mehr als mein Anzug. Und die Mädchen! Gerade zehn Jahre alt, erschienen geschminkt zum Unterricht, setzten ihre sich gerade erst entwickelnden Reize mit kindlicher Unschuld ein, und ihre Gestik, die alles zu versprechen scheint, war für mich unerreichbar. Ja! Oft ertappte ich mich dabei, wie ich ihren entblößten Bauchnabel anstarrte, in Gedanken tiefer glitt, den zarten Flaum ihrer Schamhaare liebkoste und ihren jungfräulichen Duft tief in meine ausgehungerten Lungen sog, mich daran berauschte, ebenso betrunken wurde wie von zehn Bier. Oder ich wanderte mit den Lippen bis zu den liebreizenden Knospen ihrer Brüste, diesen sanften Hügeln, deren Anblick mir bereits in der Vorstellung den Boden unter den Füßen ins Wanken brachte.

"Und wenn dich jemand beobachtet hat?", bohrte Franziska weiter in der unverheilten Wunde.

"Dann wäre die Polizei längst bei mir gewesen", erwiderte ich gereizt, blickt entnervt hinaus in die Abenddämmerung und die Klangfasern der uns für Bruchteile von Sekunden wie eine Decke umhüllenden Stille webte Masken der Fremdheit auf unsere Gesichter.

Dumpf spürte ich den erregten Pulsschlag meines Herzens bis in den Hals, als ich den Knoten festzog, und ein Gedanke sprach zu mir: 'Irgendwo in dieser

Stadt löst sich jetzt eine Gestalt aus der Dunkelheit, folgt mit messerbewehrter Hand den schönen Beinen die Treppe hinauf; wird zum Vergewaltiger und später, als er zur Besinnung kommt, sein Verstand die Situation in ihrem ganzen Ausmaß erfasst, zum Mörder, der mit kalter Hand sein Werk verrichtet.'

"Es war ein bedauerlicher Unfall! Macht mich das zum gemeinen Mörder?", fragte ich sie und fuhr, ohne ihre Widerworte abzuwarten, fort: "Was suchte der Junge auch nachts, zu so später Stunde, auf der Straße?" "Nein! Schuld sind die Eltern!", brüllte ich zornig und geriet zunehmend in Rage. Ohne ein weiteres Wort des Bedauerns flüchtete ich in die Nacht. Danach habe ich Franziska nur noch einmal besucht, sie wie ein Tier von hinten gerammelt, als müsste ich ihr mein Geständnis aus dem umnebelten Gehirn hämmern und – dabei betrachtete ich verächtlich ihren schlafenden Körper – legte ihr Geld auf den Nachttisch. Wochen später wurde sie ermordet aufgefunden.

In den Monaten, die folgten, hatte ich mit einer hartnäckigen Lungenentzündung zu kämpfen, die mir durchwachte Nächte und kurze, von Fieberträumen heimgesuchte Zeiten des Schlafes bescherte.

Ein Ungeheuer, halb Tier, halb Mensch, kam auf mich zu, und seine Augen leuchteten gelb im Dunkeln. Mit einem spitzen Schrei, der nichts Menschliches an sich hatte, warf es den Kopf in den wulstigen Nacken, so dass seine schwarzen Haare Funken sprühten. Alles stand still, und die einzige Möglichkeit, seinen Gefühlen Ausdruck zu verleihen, lag in dem empfindlichen Bereich zwischen Licht und Schatten, dem der Bestie und mir. Ich zitterte wie der Schatten der Bäume und auf meinem bleichen Gesicht, als die nackte Angst durchbrach, ich sie in die Nacht schrie, wo sie sich mit dem Triumphgeheul der Bestie zu einem schaurigen Chor vereinigte, sprach der nahe Tod.

Jeden Tag, wenn ich aus dem Fenster spähte, zufällig ein Kind vorüber ging, im Unterricht oder am Nachmittag, wenn meine eigenen Kinder mir in der Wohnung auflauerten, ergriff mich ein namenloses Unwohlsein, das sich körperlich, wie auch in meiner Wahrnehmung der Zeit äußerte. Sie verlangsamte zusehends ihren gewohnten Takt, nahezu bis zum Stillstand, reduzierte die Geschwindigkeit meiner Bewegungen – im Gegensatz zu den Gedanken – bis sie mit unendlicher Zähigkeit abliefen.

'Das Hirn verfällt in Raserei!', schoss es mir durch den Kopf. 'Jetzt hast du dir zu viel zugemutet, deine schwächliche Konstitution überreizt und das Spiel verloren.' Nach dem ersten Schrecken, den die Vorstellung des nahen Todes ausgelöst hatte, dachte ich, in seltsamer Traurigkeit gefangen: 'Dann hat die Jagd auf mich, die täglich schlimmer werdende Hetze, endlich ein Ende. Ich werde mich wegstehlen aus diesem Leben wie ein Bettler in der Nacht, wenn die Ausbeute für Schnaps ausreicht, um den trostlosen Schlafplatz ertragen zu können. Das

Schicksal wird in meinem Namen frohlocken, weil mein plötzlicher Tod die Familie schonte.'

Weshalb schleudern sie mir die Wahrheit nicht schonungslos ins Gesicht? Oder informieren die Polizei und setzen der Verfolgung ein unrühmliches Ende? Was quälen sie mich von morgens bis abends mit ihren Blicken, die sagen: Wir wissen um dein Verbrechen.

'Gefilde der Seligen!', glaubte ich dem Rauschen meines Blutes in den Ohren zu entnehmen. 'Ist das bereits Okeanos, der das liebliche Eiland im äußersten Westen des Erdkreises umfließt?'

Wie oft habe ich davon geträumt, die rosengeschmückten Wiesen zu durchstreifen, auf denen der Frühling ewig herrscht und ein Trank aus Lethes Quelle mich die Leiden des irdischen Daseins vergessen lässt. Im Gefühl der Vorfreude bemerkte ich nicht, wie eines meiner Kinder, barfuß und auf Zehenspitzen, den Raum betrat.

"Was!", rief ich überrascht, fasste mich an die Brust, als hätte der erhoffte Schlag mich nun endlich ereilt. "Was ist so bedeutsam, dass du mich zu Tode erschreckst, Kind?"

"Ich kann nicht schlafen", flüsterte das Kind verängstigt ob meiner groben Worte aus großen Augen und huschte aus dem Zimmer, als flüchte es aus einem Heiligtum, das zu betreten für sie verboten war.

'Das wird das Schwerste", jammerte ich mit zusammengepressten Zähnen und litt unter dem gespannten Schweigen in der Wohnung.

Schockiert legte Hans das Heft beiseite und sein Blick ging ins Leere, schlug Türen auf, wanderte durch Stahlkorridore, klopfte an verschlossene Eisenzellen, spähte durch das milchige Guckloch, als könne er so das Geheimnis dahinter ergründen. Wiegner blieb ihm ein Rätsel, ein Buch mit sieben Siegeln, das vermutlich nur ein Psychiater in seiner ganzen Tiefe ergründen konnte. Eine Frage beschäftigte ihn: 'Weshalb ist er nicht zur Polizei gegangen?' Die Strafe wäre sicherlich milder ausgefallen als die Jahre der Hetzjagd – wie Wiegner es beschrieb –, der sinnlosen Flucht von einem Ort zum nächsten, die nur für wenige Wochen eine Verschnaufpause brachte, bevor die Schuldgefühle erneut den Kreislauf von Verfolgungswahn, Wut und Flucht in Bewegung setzten.

Die Haustür wurde zugeschlagen. Unregelmäßige Schritte, dann klopfte es an der Tür und Alois streckte den Kopf herein.

"Störe ich?", nuschelte er. Sein glasiger Blick mied den von Hans als er eintrat und zum Sessel torkelte. "Du ahnst ja nicht, wie es im 'Ochsen' zugeht. Verkriechst dich ja immer hier hinter deinen Büchern", lallte er und beendete den Satz mit einem Rülpser. "Überall Reporter und … und … du könntest mit dem Paket ein Vermögen verdienen" erklärte er Hans gestenreich und suchte aus zusammengekniffenen Augen den Schreibtisch danach ab. "Und? Was schreibt er so?"

"Nichts besonderes", erwiderte Hans kurz, angewidert von Alois' Zustand und dem Gestank von abgestandenem Öl, Rauch und Schweiß, den er verbreitete. "Du solltest dich ins Bett legen", sagte er kühl, empört über die Störung, und warf einen unmissverständlichen Blick zur Tür.

"Schon gut", winkte Alois mit den Armen rudernd ab und kämpfte sich schwerfällig aus dem Sessel. "Dann halt nicht. Und überhaupt", stieß er beleidigt aus, "was interessiert dich … was ich tue? Nichts! Du hast nur diesen Wiegner im Kopf und deinen … deinen Dämonen", sagte er mit schwerer Zunge und fiel hart gegen den Schreibtisch. "Niemand interessiert sich für mich … niemand", plapperte er mit veränderter, weinerlich klingender Stimme. "Selbst meine Frau nicht. Ja!" Er stützte sich mit beiden Fäusten auf den Tisch, den Blick auf Wiegners Schriften geheftet. "Sind sie das? Mörder!", schrie er und richtete sich abrupt auf. "Muss man erst einen Menschen töten, bevor einem Beachtung geschenkt wird?", fragte er sich selbst.

Hans schöpfte Atem.

"Sag nichts! Hab schon verstanden. Ich geh schon … und überhaupt … morgen bist du mich los. Alles, selbst meine leere Wohnung, ist besser als deine unausgesprochenen Vorwürfe. Und ich Idiot dachte, dass wir Seelenverwandte sind und zumindest du mich verstehen würdest." Plötzlich versagten seine Kräfte. Er sackte in sich zusammen und suchte Halt an der Tür. "Bleib! Nur keine Umstände. Der Versager kommt schon diese Treppe …"

Hans hörte, wie Alois vor sich hin brabbelte, polternd Stufe um Stufe nach oben kletterte und, wie Minuten zuvor, die Tür scheppernd zuschlug.

Genüsslich streckte Hans seine steifen Glieder, stand auf, ging ein paar Schritte und blieb am Fenster stehen. Der Mond hing bereits über den Dächern, verströmte sein bleiches Licht und hüllte die Bäume in silbernen Schein. Beim alten Kretschmar brannte noch Licht, und durch den halb geöffneten Vorhang konnte er beobachten, dass der Fernseher lief. Sein Blick wanderte hinüber zu Wiegners Haus, den Resten des Absperrbandes, die wie Papierschlangen über das Grundstück verteilt lagen und eher an Fasching oder Silvester erinnerten als an ein Familiendrama mit fünf ermordeten Menschen; darunter drei unschuldige Kinder.

Plötzlich hatte Hans so ein unbestimmtes Gefühl. Er konnte es nicht näher erklären, so wie früher, als Mutter ihm vom 'Schwarzen Mann' erzählte: 'Dort draußen ist er unterwegs', flüsterte sie an seinem Bett, und ihre Stimme hörte sich an wie die von Wiegner. 'Und er lebt in hohlen Bäumen oder dunklen Höhlen, und spätnachts kommt er durch den Kamin, zuweilen lauert er den Kindern auch auf Friedhöfen auf, und wenn du den Atem anhältst und ganz ruhig liegst kannst du seine Schritte auf dem Dachboden hören.'

'Möglichst kein Geräusch verursachen' dachte Hans plötzlich, 'damit er dich nicht findet.' Dennoch kroch ihm dieselbe Angst wie damals den Rücken hoch und schnürte ihm die Kehle zu. Merkwürdige Gedanken purzelten ihm durch den Kopf. Hatte er Seebald ermordet? Markierte diese Tat den Beginn seines Abschieds, der sein wurmstichiges Floß in stetem Fluss, unaufhaltsam in den Untergang trug? Nein! Dann hätte er den Nachsatz anders formuliert und nicht von 'Information bezüglich der Ermordung von Herrn Seebald' gesprochen.

Vor ihm lag der Stapel an Heften, losen Blättern und schwarzen Kladden, wie sie früher von Geschäftsleuten für ihre Buchhaltung benutzt worden waren. Mit zunehmender Erregung blätterte Hans die Hefte durch und sortierte die, welche Lyrik, Theaterstücke oder kurze Abhandlungen über ein besseres Schulsystem beinhalteten, aus. Zuletzt blieben fünf Hefte übrig. Seine 'Nachtkirchener Betrachtungen'. Vor Aufregung zitternd tauchte Hans erneut in Wiegners Leben ein, überflog Seite für Seite, auf der Suche nach dem entscheidenden Hinweis.

Wiegner erzählte von seiner Kindheit, und die ersten Seiten zeugten bereits von dem ungeheuren Selbstmitleid, weil er sich als Opfer sah – von einem Menschen, dem der frühe Untergang bereits in die Wiege gelegt worden war. Er berichtete in ermüdender Detailversessenheit von seinen Gedanken, Träumen und er beschrieb, wie er bereits in jungen Jahren in angeheitertem Zustand über die Felder gehastet war, getrieben von unbändigem Zorn gegenüber jenen, die es leichter hatten im Leben als er. Dann abrupter Themenwechsel. 'Sie wissen es! Hier das Gesetz und dort diese ruchlose Meute, die mich hetzt wie ein wildes, bösartiges Tier.' Daran anschließend – getränkt in Selbstmitleid – Gedanken zu seinem verpfuschten Leben, und eingestreut wie Rosinen in einem Kuchen Betrachtungen über sich selbst; poetisch und wahnhaft übersteigert. 'Kalt rieselt es mir den Rücken herunter. Wie zur Bestätigung krachte der Donner, bebte die Erde, als ich mit offenem Hemd, flatternder Jacke querfeldein rannte, mich selbst anfeuerte. 'Lauf!', schrie ich meinem Hirn zu, setzte über einen Baumstumpf hinweg, kam dahinter durch eine Erdfurche ins Straucheln und stürzte hart zu Boden. Der Schmerz erlöste mich von der Raserei, wie die Kirche bei Besessenen den Teufel durch Folter austreibt, so brachte das Pochen in meinem Handgelenk mich zur Besinnung. 'Sollen sie doch reden', dachte ich bei mir, 'und sich amüsieren, was für einer ich bin. Das Vergnügen gönne ich ihnen. Was soll es! Schon bald werde ich meine Kinder dorthin schicken, von wo das Christkind kommt und wir, meine Frau und ich, werden sie begleiten.'

Das nächste Heft beginnt mit einer Tirade gegen seine Schüler. 'Mein Gefühl der Ohnmacht, des Ausgeliefertseins an diesen teuflischen Mob dort draußen, ist die Geburtsstunde der starken Worte, die Angriffsparolen brüllen. Selbst die Kinder in der Schule sehen mich oft komisch an, und wenn ich mich abwende, davongehe, um ihrem Spott den Daseinsgrund zu entziehen, tuschelt die Bande hinter meinem Rücken weiter. Sie plappern das Geschwätz ihrer Eltern nach – soweit ist es schon mit mir gekommen, dass ich mich vor Kindern fürchte, den Kopf einziehe, wenn ich sie kommen sehe.' Den Rest kannte Hans bereits, und auch Heft drei und vier brachten keine neuen Erkenntnisse bezüglich Seebalds' Ermordung.

'Es muss eine Hölle geben', wetterte er auf der ersten Seite des die Betrachtungen abschließenden Heftes. 'Nur die ewige Verdammnis übt ausreichend Gerechtigkeit für das, was sie mir an Übel bereitet haben. Leider kann ich mich nicht rächen – nur ihrer Hetze entziehen, und das betrübt mich, lässt meinen Arm schwer werden und rückt die Tat damit in die Zukunft. Das Bewusstsein um meine Schwäche bringt mich in mancher Stunde dem Wahnsinn nahe.'

Dann kam er auf seinen starken Geschlechtstrieb zu sprechen, seine Sorge, dass Steffi seine Verfehlungen bemerkte und dass er ihn ebenso verfluchte wie seine Schwäche, ihn zu unterdrücken. Skizzenhaft erläuterte Wiegner – wie ins Selbstgespräch vertieft – seinen Drang, der ihn bereits in der Jugend zum Onanieren gezwungen habe. Er berichtete von Erfahrungen mit Frauen, dass er ein toller Hecht gewesen sei – einen Schlag bei Frauen hatte – bis dieses dumme Kind mit ihrem Dienstmädchencharakter schwanger wurde und damit sein Leben zerstörte.

Darauf Passagen, wo er wieder in Selbstmitleid schwelgte, seinen möglichen Zukunftschancen nachtrauerte, in denen er erfolgreich wäre, zumeist als Dramatiker und Lyriker, bevor erneut der Hass durchbrach und er, jetzt mit der ihm eigenen Detailversessenheit, beschrieb, wie er sich selbst für seinen ungezügelten Geschlechtstrieb bestrafte, indem er die heruntergekommensten Weiber aufsuchte und eingehüllt in ihren von Alkohol und faulen Zähnen stinkenden Atem, ihre verlotterten Körper bearbeitete, bis die Lust explodierte, sich in Entspannung auflöste, die ihm für Stunden Ruhe gönnte. Es endete mit Franziska, seinem Geständnis und der Andeutung, dass er von diesem Zeitpunkt an, die Weiber wechselte wie seine Hemden.

Langsam näherte sich Hans den letzten Eintragungen, den Tagen vor der Tat, als er endlich auf die gesuchte Stelle stieß. Tief sog er die Luft in seine Lungen, veränderte seine Position, massierte kurz die eingeschlafenen Glieder, bis sie kribbelten, das Leben in sie zurück strömte, ehe er wie elektrisiert, als stünde der ganze Raum unter Spannung, weiter las.

An jenem Abend kehrte ich spät von meinem Spaziergang heim, fand die Straßen zum Glück verlassen, so musste ich kein Lächeln heucheln. Die Bäume hasteten im Mondschein, Gespenstern gleich, an mir vorüber; stumme Zeugen meiner nächtlichen Raserei. Seebalds Haustür stand zur Hälfte offen und im Schein der Lampe wurde ich Zeuge, wie Seebald versuchte, aufzustehen, bis seine Gestalt erschlaffte und er leblos zu Boden sank. 'Der Seebald', dachte ich in diesem Augenblick seltsam gefasst, wobei mich ein wohliger Schauer ergriff, als hätte ich in diesem Moment die 'Gefilde der Seligen' erreicht, 'der hat es hinter sich.' Wie ich jetzt weiß: Ein Schlag an der richtigen Stelle, und schon ist es vorbei, das verfluchte Leben. Sanft strömt es aus und mit jedem Blutstropfen, der aus der Wunde sickert, schrumpft die Welt, bis sie nur noch einen diffusen Punkt umfasst – einen bedeutungslosen, grauen Schatten inmitten unfassbarer Dunkelheit, die dich mit ihrer lockenden Süße liebkost, die Heilung verspricht – das ersehnte Paradies. Frieden umfängt dein gepeinigtes Herz, und mit dem letzten Atemzug, der ebenso behutsam wie das Leben selbst dem Körper entweicht, kaum mehr als ein frühlingshafter Windhauch – ein schwacher Seufzer der aufbrechenden Knospen, als störe dieses laue Lüftchen ihre noch unschuldige Welt – verfluche ich seinen Mörder, das unschuldige Kind, das den Sterbenden anstarrt, die blutige Tatwaffe in der Hand und ihre Augen erinnern an die Unschuld der Knospen, die erst später, in einigen Tagen oder Wochen, die Schuld der grausigen Tat widerspiegeln werden.'

Wie Gabriel, der Racheengel Gottes, stand sie mit erhobenem Schwert über ihm und mein erster Gedanke war: Das ist nun die Strafe für deine Verfehlungen. Unsere Blicke kreuzten sich, ehe ich in die Schatten flüchtete, wie stets in meinem Leben, und in meinem Hirn loderte ein Gedanke: Du kannst sie nicht der Polizei überantworten!

'Jetzt', schrieb er zwei Tage vor der Tat, 'konnte

ich darüber sprechen – es niederschreiben, damit auch sie Erlösung von ihrer Schuld in der Sühne findet. Die Erinnerung setzt mir Seebalds Todeskampf wie ein unverdautes Gericht zum zweiten, dritten Verzehr vor, wie er von Schmerz verzerrt im matten Flurlicht zuckte. Die Muskeln krampften, spielten die gesamte Palette an Gesichtszügen in Bruchteilen von Sekunden durch, ein an Clownerie grenzender Vorgang, während die Hand zittrig ins Leere stieß, als gehörte sie einem Achtzigjährigen oder würde von einem drittklassigen Puppenspieler geführt, bevor der Lebensfaden so schwach gloste, dass er sie nicht länger tragen konnte.

'Jetzt ist es zu Ende', dachte ich damals, trat vom Zaun zurück, die Bilder wie ein Echo in meinem Hirn, das nachhallte, bis ich sie nicht länger für eine Geistererscheinung hielt, sie als Wirklichkeit, deren Zeuge ich zufällig geworden war, akzeptierte. 'Dieses Kind hatte den Mut, die Kraft zur Tat!', sprach ein Gedanke zu mir.

Am selben Abend – ich entsinne mich genau – empfand ich die gleichmäßigen Atemzüge meiner Frau bereits als Störung, sodass ich aufstand und zu den Kindern hinüber ging, die Tür leise einen Spaltbreit öffnete und ihre Gesichter betrachtete. Der Jüngste drehte sich schmatzend auf den Rücken, und plötzlich veränderte sich sein Äußeres, starrte ich in das blutige Gesicht des Jungen, dessen Augen nach dem Ball suchten als sei nur er von Interesse und nicht das zuckende Herz, das in seinem verzweifelten Bemühen, den Körper mit dem schwindenden Blutvorrat zu versorgen, mit jedem Schlag an Substanz einbüßte, bis es wie der Ball am Straßenrand zum Stillstand kam. Von panischem Schrecken ergriffen wich ich zurück, drückte die Tür ins Schloss, flüchtete in die Küche und stürzte ein Bier nach dem anderen hinunter, bis die einsetzende Benommenheit den Bilderstrom in meinem Kopf dämpfte, ihn – wenig später – endgültig ins Vergessen drängte.

'Seebald ist tot. Nichts konnte ich für ihn tun, weder damals noch heute. Die Gerechtigkeit verliert wie in meinem Fall ihre Gültigkeit – wird mit Füßen getreten, bis zum schändlichen Ende. Frau Schleiermacher wird der ruchlosen Meute ebenso wenig entkommen und …' An dieser Stelle brach der Eintrag ab.

"Schleiermacher", flüsterte Hans, und der Gedanke war ihm unerträglich. Wie in Trance legte er den letzten Teil der 'Nachtkirchener Betrachtungen' achtlos auf den Stapel und blickte verstört auf einen imaginären Punkt zwischen den Buchreihen an der gegenüberliegenden Wand. "Schleiermacher", wiederholte er, tauchte in Gedanken den Pinsel in den mit Wasser gefüllten Krug, anschließend in einen der Farbtöpfe und malte das Gesicht einer jungen Frau auf seine innere Leinwand und dachte: 'Ich bin kein Richter … andererseits …', und über dieses 'andererseits' grübelte er lange nach. Die Uhr schlug zwölfmal. Die Schläge wurden vom Rasseln der Kette begleitet, das den Gesamteindruck erweckte als würde ein Delinquent mit Fußketten zur Richtstätte geführt, dass das Urteil beim zwölften Glockenschlag vollstreckt würde. Immer wieder wägte Hans das Für und Wider ab, nahm den Hörer von der Gabel und legte ihn mit der ersten Stunde des neuen Tages wieder aus der Hand, nachdem er minutenlang unbewusst dem Belegtzeichen gelauscht hatte. Aufgewühlt von den Ereignissen der vergangenen Tage schritt er im Zimmer auf und ab, auch, um seiner inneren Spannung Herr zu werden, die – und hier fühlte er sich seelenverwandt mit Wiegner – ihn wie ein aufgescheuchtes Tier durch die Nacht hetzte. "Schleiermacher", sagte er ihren Namen zum dritten Mal, spielte dabei in Gedanken die zu erwartenden Konsequenzen seiner möglichen Handlungen durch; Verhaftung, Freiheit, bis die Tat für ihr Gewissen zur Belastung werden und sie sich freiwillig dem Gericht stellen würde; spätes Geständnis und die Annahme der Strafe, so wie es Raskolnikow tat, weil nur dieser Weg den von ihm ersehnten Frieden brachte?

Mit jeder Minute die verstrich schien es ihm, als lade er ihre Schuld auf sich selbst, und in gewisser Weise war es dieses Gefühl, das ihn langsam zu seiner Entscheidung drängte. 'Ich möchte nur auf der richtigen – gerechten Seite stehen', überlegte Hans und wiederholte diesen Gedanken mehrmals in zögerndem, prüfenden Ton. Er wünschte sich einen Menschen, dem er hätte alles anvertrauen können, und für den Bruchteil eines Augenblicks dachte er an Alois, fand sich bereits auf der untersten Stufe der Treppe wieder, als er den Gedanken verwarf, in sein Arbeitszimmer zurück kehrte und seine rastlose Wanderung wieder aufnahm.

"Ich bin ein Narr!", raunte er sich selbst, den Umständen zu, "aber ich wünschte mir, wir würden nicht so viele Mühen darauf verwenden, uns voreinander zu verbergen, aus Angst, dass wir erkannt werden könnten. Aber sie", stieß Hans in der in ihm aufkeimenden Verzweiflung aus, "sie ist erkannt, als das, was sie ist: Eine Mörderin. Ist das ein Vorteil?", fragte er sich und überlegte: "Dass ich ihr wahres Gesicht sehen, erkennen durfte, wer sie in Wahrheit ist? Doch", drängte ein Gedanke in den Vordergrund, "was weiß ich über sie, ihre Motive? Nichts. Bruchstücke aus ihrem früheren Leben, ein paar Häppchen, kaum mehr als ich bei einer zufälligen Bewegung im Zug, auf der Straße, aus ihrem äußeren Erscheinungsbild hätte schließen können und auch hier könnte ich irren. Wie jeder Mensch trägt sie dutzende Gesichter, geht hundert verschiedene Straßen entlang und ist zugleich niemand und jedermann. Welches Geheimnis umgibt sie wirklich?", schloss er seine geflüsterten Überlegungen mit einer Frage ab, deren Beantwortung außerhalb seiner Möglichkeiten lag.

Hans zündete eine Kerze an und stellte sie auf das Fensterbrett. Sein Gesicht sprang ihn unerwartet und mit einem gequälten Ausdruck an. 'Ich sollte ihr helfen!', bat er sein Gewissen.

"Sprechen wir über die Nacht", sinnierte er laut und musste unwillkürlich schmunzeln, weil diese Worte wie aus Vorkors Mund klangen, "davon, dass sie mondhell ist. Kommt es darauf an, worüber man nachdenkt oder ist nur das gesprochene Wort von Bedeutung – das Wohlwollen, mit dem es aufgenommen wird? Mit Petra", dachte er schwermütig, "konnte ich alles teilen, und dennoch hat uns nichts verbunden, wir kamen uns ab einem bestimmten Punkt nicht mehr näher. Als ich sie verließ, dem Wagen nachsah, bis ich ihn in der Ferne als Farbtupfer des umfassenderen Gemäldes Horizont aus den Augen verlor, fragte ich mich: 'Bist du glücklich, Hans? Hat sie dich glücklich gemacht – oder du sie?' Glücklich, glücklich!, hallte es doppelsinnig durch meine Gedanken, und ich habe bis heute nicht verstanden, ob es ja bedeutete oder nur den Nachhall meiner Frage darstellte, wie ein Echo antwortete. Vielleicht würde ich es wissen, wenn ich sie wirklich gekannt hätte", seufzte Hans, den Blick in stummen Entsetzen auf Wiegners Haus gerichtet.

Seine Augen, die tränenfeucht das Kerzenlicht spiegelten, sondierten die Erinnerung ihrer gemeinsamen Zeit, prüften sie, als müsse er sich vergewissern, dass sie glückliche Jahre verlebt hatten, frei von der Düsternis der letzten Monate. Im Nachhinein, wo die Bilder täglich mehr an Intensität, an Strahlkraft einbüßten, fühlte Hans, wie sein bisheriges Leben an Farbe verlor, zu einem Grau in Grau degenerierte, während im gleichen Maße das Wort an Bedeutung gewann, als sei er ein unbeteiligter Zuschauer, der Leser einer Romanhandlung, deren belanglose Allgemeinheiten auf ihn wie auf jeden anderen zutrafen.

Sein Gedächtnis förderte ein Erlebnis aus der Gymnasialzeit zutage, als er auf Anraten des Lehrers – zur Verbesserung seiner Englischkenntnisse – die Brieffreundschaft mit Sarah begonnen hatte. 'Ich schickte ihr eine Ansichtskarte', las er aus der Erinnerung, 'und sie antwortete zwei Wochen später. Sie war zehn, also wesentlich jünger als ich, dennoch überraschte mich ihr Brief. Er war intelligent geschrieben, berichtete von der Schaffarm ihres Vaters in den Highlands, und sie legte eine Fotografie bei. Sie war nicht hübsch, sah aber klug aus und besaß ein verschmitztes Lächeln. Noch am selben Tag antwortete ich ihr, legte ein älteres Foto von mir bei, das mich mit elf Jahren auf der Kühlerhaube von Vaters Auto zeigte, und schrieb, dass gerade ein Wanderzirkus in unserer Stadt gastierte, das Gebrüll der Löwen bis spät in die Nacht zu hören sei und hier bald die Ferien beginnen und ich dann zu meiner Tante reisen würde. Es machte mir Spaß, so eine Art älterer Bruder für sie zu sein, und als sie später schrieb, dass sie sich in einen Jungen verliebt hatte, spürte ich tatsächlich so etwas wie einen Stich von Eifersucht. Jahrelang schrieben wir uns', folgte Hans der Spur von Sarah, 'und als ich ihr mitteilte, dass ich beabsichtige Schriftsteller zu werden, schickte sie mir einen Talisman, den Zahn eines Büffels, der mit zwei Adlerfedern zusammengebunden war. 'Das wird dir Glück bringen', meinte sie und ich konnte aus den Worten ihr Lachen hören.'

"Hatte er Sarah gekannt? War ihre Geschichte mehr als ein bloßer Roman, eine erfundene Handlung, die hätte sein können – vielleicht sogar der Wahrheit entsprach? Letztlich, trotz der uns im Verlauf der Entwicklung erworbenen empathischen Fähigkeit, tappen wir bezüglich der uns nahestehenden Menschen im Dunkeln, wie Blinde, die auf ihr Fingerspitzengefühl angewiesen sind und darauf vertrauen müssen, dass sie in ihrer Vorstellung das Objekt erkennbar nachbilden. Und Petra? Welchen Stellenwert nimmt ihre Geschichte ein?", fragte er sich und kehrte damit zum Ausgangspunkt seiner Überlegungen zurück. "Ich weiß es nicht", sagte er eher ungläubig als entrüstet. Im Fenster tauchte ihr Gesicht auf, flüchtig und schwach schimmernd im Licht der flackernden Kerze, ein Teil seines Herzens.
"Schleiermacher."
Wie ein Gespenst aus der Vergangenheit drängte der Name einmal mehr in Hans` Gedanken, und sein Gesicht wurde von innerer Unruhe überschwemmt. "Was soll ich tun?" Diese Frage hing wie ein drohendes Unwetter über ihm. Die Unfähigkeit zur Entscheidung erschreckte ihn und er schob sie teilweise der vorgerückten Stunde zu.
Ein aufkommender Wind rauschte durch das Laub, zerriss die Überbleibsel der Nachtwolken und

entblößten Sterne, die ihr Licht verschütteten. Die Klarheit des offenen, sternübersäten Himmels, über denen der Mond wie ein gütiger Herrscher thronte, übertrug sich auf seine Überlegungen, während er noch die Motten beobachtete, die, lebendig und flatternd, als wollten sie der Falle entkommen, die Laternen bis zur völligen Erschöpfung bedrängten.

Gegen drei Uhr setzte er sich gähnend an das Notebook, starrte aus müden, geröteten Augen auf den Bildschirm und tippte die von Wiegner beschriebenen Stellen zu Seebalds Tod ab. Zum Schluss druckte er sie aus und ging mit einem mulmigen Gefühl zu Bett.

Hans erwachte, nach einer unruhigen Nacht, spät am Morgen. Im Haus herrschte eine ungewöhnliche Stille. Er klopfte an Alois' Zimmer und als er keine Antwort erhielt öffnete er leise die Tür. Das Zimmer war bis auf die Möbel leer. In der Küche fand er eine kurze Nachricht: 'Melde mich! Alois.' Verärgert zerknüllte Hans den Zettel, schleuderte ihn gegen die Wand, beruhigte sich aber schnell, weil Alois ihm ein unangenehmes Gespräch erspart hatte.

Die letzten drei Stufen kosteten Hans Überwindung. Nach kurzem Zögern betrat er Mutter Hansens Laden. Die Türglocke erschütterte ihn bis ins Mark und ließ ihn wie welkes Blattwerk im Herbst erzittern. Sandra begrüßte ihn lächelnd und mit der gewohnten Herzlichkeit.

"Hallo, Herr Kümmelkorn!", rief sie in ausgelassenem Ton. "Und zu so ungewöhnlicher Stunde.

Was kann ich Ihnen Gutes tun?", plapperte sie in ihrer heiteren Art, mischte Fragen mit Vermutungen , bis Hans, der nur mit Mühe den Ansatz eines Lächelns auf sein Gesicht zaubern konnte, ihr kommentarlos den Ausdruck reichte.

"So viel heute? Geburtstag? Hoffentlich haben wir noch alles.", antwortete Sandra im Tonfall eines plätschernden Gebirgsbaches, hüpfte dabei in jugendlichem Übermut auf der Stelle, sodass ihr Pferdeschwanz in ausgelassener Heiterkeit auf und ab hüpfte, bis er jäh in der Bewegung gefror.

"Woher?", stammelte Sandra, nachdem sie den Text ein zweites Mal gelesen hatte, der ihr alles Blut aus dem Gesicht trieb, sie bleich und kraftlos, wie eine leere Hülle ohne Innenleben stottern ließ: "Ich wollte … nur … mit ihm reden. Nein!", verbesserte sie sich im gleichen Atemzug. "Nein! Die Wahrheit ist – Seebald sollte sterben. Sie müssen … nein", wischte sie tonlos den Funken Hoffnung beiseite, der in Hans Verständnis für die Tat hervorrufen sollte. "Sie werden nicht verstehen", sagte sie noch, bevor ihre Augen feucht wurden, Tränen wie Sturzbäche über ihre Wangen strömten und tiefe Schluchzer ihre zierliche Gestalt zum Erbeben brachten. "Kevin … mein Bruder", unternahm Sandra den Versuch einer Erklärung, "er liebte Seebald, diesen Hurensohn, abgöttisch!" Sie sprach Seebalds Namen mit einer Verachtung aus, die Hans zutiefst erschreckte, und als er in Sandras Augen blickte, sprach unverhüllter Hass daraus. "Sitzen gelassen!

Schluss gemacht ... von heute auf morgen, einfach so!", würgte sie hustend hervor, als behindere das Grauen sie beim Sprechen, und sie schnippte mit den Fingern. "Kevin", der Hass in ihren Augen wich einem Glosen zärtlicher Gefühle, die weit über die Beziehung unter Geschwistern hinaus reichte. "Noch in derselben Nacht ... Schlaftabletten. Der Nachbar ... kam zu spät", hauchte Sandra tonlos, als Hans bereits die Tür von Mutter Hansens Laden hinter sich ins Schloss zog.

Später am Tag, nachdem er sich beruhigt, seine Entscheidung bezüglich Sandra Schleiermacher überdacht hatte und zu dem gleichen Ergebnis wie in der Nacht zuvor gekommen war, setzte er sich auf seinen Lieblingsplatz, spähte hinüber zu Wiegners Haus, den im Wind flatternden Resten der Absperrbänder; zu Kretschmar, der wie gewohnt seine Zeitung las, einnickte – für fünfzehn Minuten - , der nächsten Neuigkeit entgegen döste; zu Sieger, einem jungen Mann, schlaksig, mit schulterlanger Mähne, geblümten Shorts und nacktem Oberkörper, bei dem sich in Höhe der Brust ein paar Haare wie Regenwürmer auf einem weißen Tischtuch kringelten, der in den Garten trat, die Hände in die Hüften stemmte und auf die Straße sah, wo eine Gruppe Jungen mit ihren Skateboards der Halfpipe zustrebte, bevor sein Blick zufällig auf Hans fiel, er kurz die Hand zum Gruß hob.

Hans strich nachdenklich über Wiegners Vermächtnis; die Hefte, Kladden und wartete, bis das Notebook, das ihn eindringlich zur Brotarbeit – zum Frondienst für Möller – mahnte, das Betriebssystem hochgefahren hatte. Wie in Zeitlupe rückte er den Stuhl zurecht, schöpfte Atem, warf erneut einen Blick auf Wiegners Schriften, und plötzlich, gleich einer Eingebung oder nur als Folge längerer Überlegungen, unbewusst aufgestauter, ambivalenter Gefühle, legte er dessen Vermächtnis in das Paket zurück, klebte es zu und adressierte es anonym an die Polizeidienststelle Leipzig.

"Nummer eins", sagte Hans vernehmlich zu sich selbst, als bedürfe der nächste Schritt einer besonderen Aufforderung. Mit kalter Entschlossenheit, als handle es sich um einen täglich wiederkehrenden Vorgang, der zwar für eine gewisse Anspannung der Nerven sorgte, die jedoch leicht unter Kontrolle zu halten war, suchte er nach dem Ordner mit den Dateien des neuen Vorkor Romans und drückte die Löschtaste. Mit angehaltenem Atem verfolgte Hans, wie das Programm sie in den Papierkorb verschob, diesen diffusen Raum, wo sie im Bereich zwischen Rettung und endgültiger Vernichtung schwebten, und in diesen Momenten, als Hans' Finger zitternd über der Taste innehielt, stieg die Erkenntnis wie ein altes Mütterchen die Treppenstufen hinauf; im Korb, den sie mit beiden Händen vor sich her trug, die Entscheidung.

Hans leerte den Papierkorb.

Ende